青蛙祭実行委員会よりお知らせです。

原案　遅河海
著者　室岡ヨシミコ
イラスト　二反田こな

シャシンブ

校長先生

チアブ
カイチョウ
シンブンブ
エンゲイブ
Seiwa
新聞

目次

プロローグ
台風の夜とおさかなトンネル

「星輪祭実行委員会よりお知らせです。台風が接近しています。生徒のみなさんは準備を切り上げ、速やかに下校してください」

緊急の校内放送が流れると、クラスメイトたちは作業の手を止め、顔を見合わせた。

「どうする？」

「今やめたら前夜祭、間に合わなくない？」

「でも、このままじゃ帰れなくなっちゃうし」

「だね。実行委員も帰れって言ってるし」

やむを得ず帰り支度を始めたクラスメイトのひとりが、手を止めない私に声をかけてきた。

「帰らないの？」

「だって、やることいっぱい残ってるし……。せめてこの作業だけでも」

みんなが困った顔で見ているのに気づき、私は咄嗟に笑顔を作った。

「あ、大丈夫！　あとは私ひとりでも。実行委員に怒られるまでなんとかやってみるよ！」

「そう？　じゃあ、無理はしないでね」

クラスメイトたちはちょっと申し訳なさそうに、でもほっとしたような表情を浮かべて帰っていった。

みんなで協力すればすぐに終わる作業だけど、こんな日に無理強いなんてできない。それに……手伝ってってお願いするより、自分でやってしまったほうが楽だから。お願いなんかして、相手に負担をかけるのは嫌だから……。

教室の入り口に飾るバルーンを黙々と膨らませているうちに雨風はさらに強くなり、ガタガタ揺れる窓の向こうでは雷が鳴り出した。

しばらく帰れそうもないし、と開き直って作業を続けようとしたその時——校舎の電気が一斉に消えてしまった！

停電!?　懐中電灯の代わりにスマホを探してみたけど、暗闇の中で見つからない。

怖くなって教室を飛び出し、暗い廊下をさまよい歩いていると、うっすらと光が灯る教室を見つけた。恐る恐る中に入ってみると、そこにはたくさんの海の生き物が展示されていた。

「……海の底みたい」

作り物の魚や珊瑚を照らす光の元へ辿っていくと「おさかなトンネル」と書かれた展示物の前に行きついた。中を覗いてみると、段ボール製のトンネルに折り紙や銀紙で作った魚の群れが飾られていて、なぜか魚たちのうろこがキラキラと光っている。

「え……なんで……?」

気になって中に入ってみると、光るうろこの正体はミラーボールだった!

ミラーボールの放つまばゆい光が、銀紙でできたうろこに反射してキラキラと輝いていたのだ。

「よくできた展示……あれ? でもなんでここだけ停電してないんだろう?」

不思議に思いながら奥へと進んでいくうちに、少しずつ雷や雨の音が遠くなっていく。

「ん? そういえば、トンネル長すぎない? さっきからずいぶん歩いた気が……」

疑問が浮かんだ次の瞬間、目の前がぱぁっと明るくなり、私はトンネルの外に出ていた。

そこは学校の校庭で、目の前には私が通っている市立星輪高校の校舎とよく似た建物がある。

けど、校舎を見上げると……!

「なにあれ!?」

屋上には巨大な水槽のようなものがのっていて、そこから校舎の四方に、うっすらと光る透明なパイプがのびていた。さらに校舎の窓からは、木の枝や巨大な珊瑚のようなものがはみ出している。

「どういうこと?」

周囲を見回すと、校門にはポップな飾り文字で〝青蛙祭〟と書かれた看板が立てかけられていた。

「アオガエルマツリ?」

思わず声に出してつぶやくと、クスクスと女の子の笑い声が聞こえてきた。

「転校生ちゃんはなにも知らないのだなぁ」

振り返ると、緑色の雨合羽を着た女の子が、アジサイの花壇にちょこんと腰掛けている。

「セイワ祭。我が校、青蛙高校の歴史と伝統ある文化祭のことなのだ!」

「そうなんだ……えっと、お嬢ちゃんは?」

「お嬢ちゃんとは失敬な! わたしの年齢は……いや、その話はやめておこう」

女の子は、こほんと小さく咳払いをすると、幼い顔にまったく似合わない付け髭を口元に当ててふんぞりかえった。

「わたしはここ青蛙高校の学校長! これからは気軽に校長先生と呼んでほしいのだ!」

得意げに喋り出した瞬間、緑色の雨合羽の裾から、オタマジャクシのような尻尾がぴょこんと飛び出す。

「ええっと……ハロウィン……的な?」

「そんな仮装したちびっこがお菓子をもらう祭りとは全然違うのだ!」

どう見ても仮装したちびっこにしか見えない女の子は、またもや付け髭を口元に持ってきて、得意げに語り出す。

「青蛙祭は青蛙高校に代々続く秋の祭典！　その歴史は……」

校長と名乗る女の子が語り出そうとしたその時、話を遮るように空が暗くなり、ポツポツと雫が落ちてきた。

「……雨？」

「やれやれ、転校生ちゃんは知らないことだらけだなぁ。雨ではない。クジラなのだ！」

「クジラ？」

空を見上げると、大きなクジラがゆったりと空を飛んでいた。

「飛んでる……？　クジラなのに!?」

「まさかホシクジラを見るのは初めてなのか？」

「ホシクジラ？」

「はーっ、転校生ちゃんは本当になにも知らないのだなぁ。クジラはかつて海にいたが、進化の途中で空を飛ぶものが現れた。それをホシクジラと呼んでいるのだ」

校長の解説をポカンと聞いている間に、クジラは体にまとわせた水の帯から水滴をポタポタ落としながら、ゆったりと校舎の向こうに消えていった。

「転校早々、ホシクジラに会えるなんて、転校生ちゃんはなかなか強運の持ち主なのだ」

「ねぇ、さっきから言ってる転校生ちゃんって？」

「おや、転校生クンのほうがよかったか？」

「そうじゃなくて！　私はただ、そこのトンネルから……あれ？　ない……」

トンネルが跡形もなく消えていることに動揺していると、校長はのんきにたずねてきた。

「トンネルというのは段ボールでできたアレのことか？　中にミラーボールがある」

「それ！　さっきまでそこにあったの。あなたも見たでしょ？」

「いや、わたしが見たのは確か2階の教室……あれ？　3階か？　とにかく文化祭の出し物にそういうものがあった気がしただけなのだ」

「文化祭の出し物……トンネル……！　それってつまり、あのトンネルが元の世界とこの世界をつないでいるってこと？」

「難しいことは知らないのだ！　でも気になるなら探してみればいい。さっそく教室を回ってみよう」

校長は私の手を握り、ずんずんと校舎の中へと進んでいく。

ついていって大丈夫かな……でもトンネルは見つけなきゃだし……。

中に入ると、そこには作りかけの看板や、半端に膨らんだバルーン飾り、仮縫いのまま山積みにされたドレス、照明機材などが、雑然と置かれていた。

「なんか、散らかってるね……文化祭の前だから？」

「あぁ、みんなが好き勝手に動いているせいで、どこになにがあるのかわたしもまったく把握していないのだ！」

ドヤ顔で断言する校長に不安を感じていると、女子生徒たちがバタバタとやってきた。

「校長！　演説用のマイクのコードが見当たらないのですが！」

「こっちは紅白幕がないんです！」

「む？　わたしは知らないぞ」

「わたしはって、他に誰が知ってるんですか？　このままじゃ前夜祭に間に合いませんよ！」

「そんなことを言われても、それはわたしではなく実行委員会の仕事なのだ！」

「その実行委員が全員辞めちゃったのは誰のせいです？」

「はて、誰なのだ？　そんな困ったちゃんは」

「校長、あなたです！　校長がまったく頼りにならないせいで」

「あの時、校長は言いましたよね？　新しい実行委員は自分が責任を持って見つけるって」

女生徒たちに詰め寄られた校長は、目に涙を浮かべながらパクパクと口を開いていたが……。

「こ、この子が新しい実行委員長なのだっ！」

逃げるように私の後ろに回り込み、校長は私の背中をぎゅっと前に押し出した。

「その制服……もしかして転校生ですか？」

「転校生にいきなりそんな大役って大丈夫なんですか？」

女生徒たちの視線が私に突き刺さる。そりゃそうだ。唐突すぎて私だって意味がわからない。

「校長のわたしが任命するのだから問題なーい！　転校生ちゃん、今日から君を青蛙祭実行委員長に任命するのだ！」

人差し指と同時に、合羽の裾からぴょこんと飛び出た尻尾の先が、ビシッと私のほうを指す。

「そんな、いきなり言われても……。ていうかなんで私が!?」

「わたしがそう決めたからには、そうなのだ！　みんな、もう心配することなどなにもないぞ！」

女生徒たちに胸を張ってそう告げつつ、校長はそっと私に耳打ちをしてきた。

「お願いだ！　転校生ちゃんが引き受けてくれないと、わたしの校長としての威厳が……」

威厳なんて一切感じられないまん丸な瞳をウルウルさせながら、校長はすがるように私を見つめてくる。

「それに実行委員長という立場は、トンネルを探すのにもってこいであろう？」

「それ、関係ある？」

「よく考えてみるのだ。このごちゃごちゃした校内を、転校生ちゃんがひとりで探し回るなんて大変であろう。それになにより怪しいことこの上ない！」

「確かにそうだけど……」

「実行委員長になれば、どこを歩いていても不審がる者はいなくなるのだ。どうだ？　我ながら素晴らしいこじつけであろう？」

墓穴を掘っていることにも気づかず、ドヤ顔をしている校長を見ながら私は考える。

苦し紛れの提案だけど、肯ける点もある。それに、このまま校長を置いていくのも心苦しいし……。

「わかりました……私にできることなら」

「本当か！　さすがは転校生ちゃん！　わたしの目に狂いはなかったのだ！」

喜んで飛び跳ねた拍子に、合羽の裾からまた尻尾がぴょこんとはみ出した。

結局この尻尾はなんなんだろう？　ていうか校長って何者なの？　あの屋上の水槽は？　そもそもあのトンネルはなんだったの⁉　わからないことだらけではあるけれど……こうして私は、元の世界に帰るトンネルを探すため、「青蛙祭実行委員会」の委員長として奮闘していくことになったのだった。

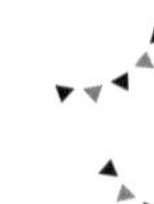

第1話　オバケ廊下と写真部員

「ここが青蛙祭実行委員会の本部なのだ！　委員長ちゃんの好きに使ってくれたまえ」

校長に手を引かれてやってきた部屋を見回し、私は思わず声をあげた。

「え！　ここ……どう見ても校長室だよね……？」

「わたしが本部だと言えば、今日からここは実行委員会の本部なのだ」

「また自信満々に。本当に使って大丈夫なの？　……ってその看板は？」

「見てのとおり、『青蛙祭実行委員会本部』の看板であーる！　これを入り口に置けば……むむっ？　この足音は……」

看板を立てかけるなり、生徒たちがバタバタと室内になだれ込んできた。

「あなたが実行委員長？　なんとかしてください！」

「それよりこっち！」

「聞いてくださいよー！」

室内の空気が一気に殺気立つ中、背後からズズズッとお茶をすする音が聞こえてきた。

「オープンしたとたんに満員とは、さすがは委員長ちゃんなのだ！」

「ちょっと校長！　のんきにお茶なんて飲んでる場合じゃないでしょ！」

ツッコミを入れている間にも、生徒たちはグイグイと私の元へ詰め寄ってくる。

「待って！　みんな順番に聞くから押さないで！　落ち着いて並んでくださーい！」

私の言葉にみんなが渋々と列を作る中、ふたりの女生徒がバチバチと火花を散らしながら、我先にと前に出てきた。

「うちのクラス、海の妖精カフェをやるんですけど、隣の教室のお化け屋敷に迷惑してて！」

「迷惑ってなに？　こっちこそネタがかぶって迷惑なんですけど！」

「かぶる!?　ウチのかわいいクリオネちゃんとそっちの化け物、いっしょにしないでください」

「化け物ですって！……まぁ、たしかにそうだけど！」

今にもけんかになりそうなふたりの間に、校長が割って入る。

「これこれ、暴力はダメなのだー！　ふたりとも落ち着くのだ！」

「「校長は黙ってて！」」

女生徒ふたりが同時に叫ぶと、校長は涙目になりながら私にすがりついてきた。

「うぅっ……。委員長ちゃぁ～ん、お手上げなのだ」

「もう!?　あきらめ早いなぁ……」

「うぅっ……いつもこんな調子で、とてもわたしの手には負えないのだ」

なるほど、実行委員会が解散した理由、ちょっとわかった気がする……。心の中でそうつぶやきつつ、まったくあてにならない校長の代わりに、私が話を聞くことに。

「えーっと、ふたりの話をまとめると、お化け屋敷のメインの出し物であるお化けクリオネが怖すぎて、海の妖精カフェのお客さんが逃げてしまいそうで困っている。ということですね？」

「はい。私たちはクリオネのかわいさでお客さんに癒しを提供したいんです。なのに、隣であんなホラーな演出されたら台無しです！　お化けクリオネを禁止してください！」

「ちょっと待って！　クリオネが癒しって、あなたクリオネの捕食シーン見たことないの？　ホラーそのものでしょ!?」

「あなたこそ、クリオネが天使みたいに泳ぐ姿、見たことないの!?」

ふたりはお互いに一歩も譲らず、このままだと永遠にけんかをし続けそう。実行委員長としてなんとか解決したいけど……。考え込んでいるうちに、今度は待ちきれなくなった他の生徒たちが私を取り囲んだ。

「それより、うちの潜水プールをなんとかしてください！　謎の生き物が発生して困ってるんです。調査と駆除をお願いします」

「そ、そんなことまで実行委員の仕事なの？」

「他に頼むあてがないんです！　それに水泳部の潜水体験会は毎年大人気のイベントで！」

「ウチの部は部室棟が使えなくて困ってるんです！」

「私のクラスは……！」

みんなに詰め寄られた私は、どのトラブルから対処すればいいのかわからず、頭を抱えた。

どうしよう……やっぱり私に実行委員長なんて……。

自信を失いそうになったその時、校長がペンとメモ用紙をみんなに配り始めた。

「はいはい、とりあえず相談はこの紙に書くのだ！　順番に対応するから安心して待っていてほしいのだ！」

「校長……」

頼りないと思ってたけど、いざという時には案外……。と少しほっとしかけた次の瞬間。

「新しい実行委員長ちゃんは優秀だから、なんでもすぐに解決してくれるのだ！」

「えっ！　私に丸投げ!?」

はぁ……校長に期待した私がバカだった……。私は心の中で大きなため息をついた。

みんなが相談用紙を書き終えて立ち去ると、校長室はようやく静けさを取り戻した。

「校長はどの問題から解決すればいいと思う？」

再びふたりきりになった室内で、山のような相談用紙に目を通していると、背後からチューチューとなにかを吸う音が聞こえてきた。

「……う〜ん、甘くてモチモチなのだ〜！」

振り返ると、校長がストローでジュースのようなものを飲んでいる。

「校長！　この忙しい時になに飲んでるの⁉」

「見てのとおり、タピオカドリンクなのだ」

「そんなのどこから……」

「海の妖精カフェからの差し入れなのだ！　くれぐれもよろしくと。こんなに美味しいものをもらったからには、早めに対応してあげなくてはだなぁ」

「もー、物につられるのはなしでしょ！」

「わたしは別につられたわけでは……」

「本当にぃ？」

「ほ、本当なのだ！　その証拠にほら、他の相談にもしっかりと目を通して……。むむっ！これは……！」

タピオカを吸いながら適当に相談用紙を見ていた校長の手が、ピタリと止まった。

「どうしたの？」

「これは一大事なのだ！　委員長ちゃん！　まずはこの相談に乗るのだ！」

校長は合羽からはみ出た尻尾をプルプルと震わせながら、1枚の相談用紙を手渡してきた。

「えーっと、『部室棟に電気の通わない廊下があって困っています。なんとかしてください』

……かぁ」

「うむ。オバケ廊下のことなのだ！」

「オバケ廊下？　なにそれ？」

「こほん！　よくぞ聞いてくれたのだ！　オバケ廊下とは、青蛙高校でちょこちょこ話題に上がる学校の怪談のひとつなのであーる！　これを見るのだ！」

校長は新聞の切り抜きのようなものを差し出した。

「校内新聞……？　『旧校舎にある部室棟の一角に、明かりの灯らない暗いスペースが……。昼なお暗いその場所を少女の亡霊がゆらゆらと彷徨い……』ねぇ」

「委員長ちゃんも気になるだろう？　この怪談が本当なのか！」

熱く語る校長の机の上には、よく見るとUMAや都市伝説の本が山積みになっている。

「これって文化祭と関係ある？　もしかして校長の趣味で選んでない？」

「そ、そんなことはないのだ！　わたしは校長先生として、青蛙祭でそこのスペースが使えないのは問題だと思っているだけなのだ！　委員長ちゃん、これは実行委員会が最優先で対処すべき問題なのだ！　この由々しき問題を解決できるかが、青蛙祭の成功を左右していると言っても過言じゃないのであーるっ！」

どう考えても過言だよね……。

そう思いながらも、校長の熱量には勝てそうもない。

「もう、わかったわかった。じゃあまずはこの問題から片付けちゃおう」

「さすがは委員長ちゃん！　さっそく現場に向かうのだっ！」

こうして半ば強制的に、私の実行委員長としての初仕事が決定したのだった。


「ここがオバケ廊下なのだ」

校長に連れられて部室棟の一角に足を踏み入れると、まだ昼間なのに廊下も教室も真っ暗。

「電気のスイッチは？」

「スイッチ？　そんなものはないのだ」

校長はタピオカドリンクを飲みながら、当たり前のように答えた。

「え？　じゃあどうやって電気をつけるの？」

「我が校はフリー電力で成り立っているのだ。校内の明かりもほら、こんな感じに」

校長が合羽のポケットから懐中電灯のようなものを取り出すと、電源も入れていないのにぽわっと明かりが灯った。

「懐中電灯、あるなら言ってくれればよかったのに」

「ん？　これはイカ中電灯なのだ」

「……イカ中？」

　差し出された明かりをよく見ると、中で光を発していたのは電球ではなく小さなホタルイカ。校長はその明かりで、廊下の天井を走る透明なパイプを照らした。

「この学校の明かりは、イカ中電灯と同じようにホタルイカの光で賄われているのだ！　屋上で光を蓄えたホタルイカたちがこのパイプを泳いでいく。その光で校内は夜でもぽわぽわに明るくなっているのだ！」

　その言葉で、私は学校の屋上に見えた巨大な水槽を思い出す。

「あの屋上の大きな水槽、そういう理由だったんだ……」

　驚いている間にも、校長はイカ中電灯の明かりを頼りに、真っ暗な部室のドアを開け中へと進んでいく。

「ちょ、ちょっと待ってよ！　校長」

「ん？　もしかして委員長ちゃんはお化けが怖いのか？」

「そんなんじゃないよ、私オカルトとか興味ないし……幽霊なんているわけ……」

「むむっ、今のはフラグというやつだな！　委員長ちゃんが振り向くとそこには……！」

「ちょっと、やめてよー！」

校長の合羽の裾をつかみながら、恐る恐る真っ暗な部室を見回すと……暗闇にボンヤリと制服姿の女の子の影が浮かんで見えた。

「きゃー！　で、でたー！」

「オバケなのだ――――！」

恐怖で体が固まってしまった私たちに、少女の霊はどんどん近づいてくる。

「……みません……めてください……します……」

消え入りそうな声で少女の霊が語りかけてくる。

「ひー！　わ、わたしは食べても美味しくないのだ！　……そ、そうだ！　このタピオカドリンクをあげるのだ！　私の飲みかけだけど、甘くてモチモチで美味しいのだ！」

オカルト好きだと言っていたくせに、校長はブルブル震えて私の後ろに隠れようとする。

「ちょっと！　私だって無理だよー」

あまりの恐怖に目を閉じた次の瞬間……少女の霊は私の耳元でそっとささやいた。

「あの……明かりを……消してください……。フィルムが……その……感光してしまうので」

「フィルム？」

驚いて目を開けると、目の前に立っていたのは幽霊でもなんでもなく、制服を着たこの学校の女生徒だった。

「なーんだ、うちの生徒だったのか。水色のリボンということは1年生だな？」

「はい……あの……すみません、その……明かりを……現像の途中なので……消してほしいのですが……」

指示通りに明かりを消すと、女の子は代わりに真っ赤なフィルムを貼ったイカ中電灯をつけた。

室内を見回すと、現像中のフィルムやアナログの白黒写真が所狭しとぶら下がっている。

「この部屋ってもしかして」

「えっと……その……写真部の部室です……すみません、こんな広い部屋を私ひとりで」

「ひとり？　部員ってあなたひとりだけなの？」

「あ、ちが、えっと……先輩たちはあんまり顔出さなくって。ほとんど私ひとりでやってます。あ、えっと……すみません」

「謝ることなんてなにもないのだ！　それにしてもいい写真ばかりだなぁ。最近の若い子はフィルムの写真なんて知らないものと思っていたが」

タピオカをチューチュー吸いながらつぶやいた校長の言葉に、シャシンブちゃんの表情がぱぁっと明るくなった。

「はい！　フィルムカメラってデジカメでは出せない味が出ると思うんです！　ピントとかもわざと補正をかけなかったりして自然な感じに見せたり……」

さっきまでとは別人のように、ハキハキ喋る様子にちょっと驚いていると。

「あ……すみません。大きい声出しちゃって……それで、校長先生が来るなんて……その、なにかあったのでしょうか？」

「うむ、用件はこの委員長ちゃんからお話しするのだ！」

校長は私に説明を丸投げして、再び室内の写真を楽しそうに眺め出した。

「えっと私、新しく青蛙祭の実行委員長になったのだけど、このフロアの電気がつかなくて困っていると相談があって」

「すみません……私は……その……なにも……」

怯えたような顔をして、シャシンブちゃんは部室を飛び出した。

「待つのだー！　シャシンブちゃん」

「私たち、あなたを疑っているわけじゃなくて……」

廊下に出てみると、暗闇の中にシャシンブちゃんの姿だけがなぜかぼんやりと浮かんで見えた。

「え？　なんで……。暗闇に目が慣れただけ？」

「委員長ちゃん！　なにをごちゃごちゃ言ってるのだ？　早くつかまえるのだー！」

「そうだった！　待って～！」

真っ暗な廊下を恐る恐る突き進み、私はなんとかシャシンブちゃんの腕をつかんだ。

「すみません……あの……私は本当に……なにも」

「うん、それはわかってる。ただ、話を聞きたくて。あなたは普段からここで活動してるんだよね？　電気……じゃないや、イカ灯？　がつかなくなった理由とか、心あたりはない？」

「いえ……入部したころから真っ暗で……卒業した先輩たちがその…フィルムを現像するために……なにか？　……したようなのですが……」

「なにかって？」

「す……すみません……私はそのくらいしか……ごめんなさい…なんのお役にも立てなくて」

「まぁまぁ、気にすることはない。そんなことより、もっと大事な質問があるのだ！」

「そんなことって……」

苦笑する私のことなど気にかけず、校長は目をキラキラと輝かせながらシャシンブちゃんに詰め寄った。

「シャシンブちゃん、この廊下でお化けを見たことは？」

さっきあれだけ怖がっていたのに、校長はグイグイと興味津々に近づいていく。

「ないです……」

「そんなはずないのだ！　1回くらいは」

「いえ……一度も」

「むぅっ、でも姿は見えなくても声を聞いたとか気配を感じたことくらいは……」

「いえ……まったく……」

期待をことごとく否定されてしまった校長は、思いっきり膨れっ面をした。

「もー、そんな顔しないの！　それより明かりのことを解決しなくちゃでしょ。校長はどう思う？」

校長からの返事はない。

「いつまでいじけてるの？　まったく、子供なんだから……ん？　校長？」

振り返ると、ストローをくわえたまま校長の顔が真っ赤になっていた。

「ど、どうしたの？　大丈夫!?」

「うぐぐっ……！」

校長のうめき声は、見えない手で首を絞められているみたいに苦しそうで、私の背筋は凍りついた。

「まさか本当に霊のしわざなんじゃ⁉　……ど、ど、どうしよう……！」

「うぅっ……むぐぐぐっ……」

慌てふためく私と、苦しそうにうめき続ける校長。非常事態だというのに、目の前にいるシャシンブちゃんはひとり冷めた目をして私たちを眺めている。

なんでこんな時に冷静でいられるの⁉　まさか、この子の正体って……！

オカルトじみた妄想が膨らみ始めたその時、シャシンブちゃんはぽつりとつぶやいた。

「あの……ストローにタピオカが……その……詰まっているのでは？」

「……え？」

よく見てみると、校長はタピオカが途中で詰まったストローを必死に吸っているだけだった。

「うぐっ！　全然飲めないのだー！」

「ちょっと――――！　心配させないでよー！」

マイペースすぎる校長に思いっきり脱力しながら、ストローに詰まったタピオカを眺めていた私は、ハッとした。

「もしかして……‼」

真っ暗な廊下を恐る恐る突き進み、明かりが灯っているパイプと灯っていないパイプのちょうど境目までやってきた。

「もしかしたら、このつなぎ目になにかが……」

イカ中電灯で照らしてみたけど、光が届かずよく見えない。

「委員長ちゃん、どうしたのだ？」

「なにか……その……ありましたか？」

追いかけてきた校長とシャシンブちゃんに、私は思いついた仮説を告げる。

「ここ、ちょうどパイプのつなぎ目のところに、なにか細工されていないかな？」

「細工……？　確かに……このつなぎ目を境に暗くなってはいますが……」

「暗くてよく見えないのだ〜！　委員長ちゃん、それを貸すのだ！」

校長は私の手からイカ中電灯を奪うと、私の背中に飛び乗った。

「いたたっ！　いきなりどうしたの？」

「肩車してほしいのだ。わたしがつなぎ目を照らしてあげるのだ！」

仕方なく校長を肩車して、イカ中電灯でパイプを照らしてもらうと……。

「むむっ！　よーく見たら透明な網みたいなものが張ってあるのだ！」

「やっぱり！　ここがせき止められているせいでホタルイカが流れてこなかったんだ！」

「なるほど……先輩方はそんな加工を……」

「用務員さんにネットを外してもらえば元通り！　これで一件落着だよね！」

初めての仕事が無事片付き、ほっとしている私に校長が声をかけてきた。

「まだなのだ！　一番大きな問題が解決していないのだ！」

「大きな問題って……もしかしてお化けのこと？　明かりのことも解決したし、もういいでしょ」

「ダメなのだ！　お化けの正体を突き止めるまでこの問題は解決しないのだー！」

校長は、手足と尻尾をバタバタさせながら、子どものように駄々をこね始めた。

「はぁ……まったく。ただの噂話だと思うけど」

「そんなことはないのだー！　お化けは絶対いるはずなのだー！」

駄々っ子モードの校長を見かねて、シャシンブちゃんが声をかけてくれた。

「あの……お菓子を食べませんか？　確か……部室に」

「お菓子！　食べたいのだ！　疲れた時は甘い物なのだ」

「では……取ってきます」

真っ暗な廊下の奥へと向かうシャシンブちゃんの後ろ姿に、私は大きく目を見開いた。

「あれ……!?　やっぱりシャシンブちゃん光ってない？」

目をこすってもう一度見てみると、暗闇の中でシャシンブちゃんの肌がぼんやりと光を放っていた。

「もしかしてだけど、彼女が幽霊っていう可能性は……！」

ドキドキしながら伝えると、校長は突然ぷぷぷっと笑い出した。

「なにを言っているのだ！　あははっ、委員長ちゃんはおもしろいことを言い出す」

「なんで笑うの!?　私は真剣に！」

「いやだって、シャシンブちゃんが光るのは、クラゲの家系の子だからであろう？」

「クラゲ？」

「はーっ。委員長ちゃんはクラゲも知らないのかぁ。なかにはほんの少しの光でも反射して、まるで光っているように見えるものも……」

「それは知ってる！　でもあの子、どう見ても人間でしょう？」

「ん？　おかしなことを言うのだなぁ。みんなそれぞれ祖先である海の生き物の血を引いている。それが人間の個性というものはないか？」

校長の言葉をさっぱり理解できずポカンとしていると、シャシンブちゃんがお菓子を抱えて戻ってきた。

その姿を見て、私は思わず声をあげた。

「校長、お化けの正体、今度こそわかっちゃったかも!!」

大真面目に告げたのに、校長は私を冷やかすように笑い出した。

「またまた〜。委員長ちゃん、次はどんな冗談を言うつもりなのだ？」

「冗談なんかじゃないよ！　シャシンブちゃん、もうちょっとこっちに来てくれる？」

明かりの灯るエリアまで来てもらい、シャシンブちゃんの足元をじーっと見つめる。

「な、なんでしょか……私の足に……その……なにか……？」

「シャシンブちゃん、もしかしていつも黒のタイツを履いてない？」

「はい……冷え性なのと、フィルムの現像の時になるべく光を出さないように」

「んんっ？　委員長ちゃん、いきなりなんの話をしているのだ？」

「やっぱり！　そういうことだよ！　噂の幽霊の正体はシャシンブちゃんだったんだよ」

「さっきからなにを言っているのだ！　足もちゃんとあるし、シャシンブちゃんはシャシンブちゃんなのだ！」

「うん。シャシンブちゃんは幽霊じゃない。でも多分……その黒タイツのせいで暗い場所だと足が暗闇に溶け込んで、それを新聞部の子たちが勘違いしたんじゃ……」

「なんだって!?　そ、そんなはずは……」

校長が慌てて校内新聞の記事を読み返すと、幽霊の特徴は暗い場所にいる時のシャシンブちゃんの特徴と完全に一致していた。

「そ、そんな……お騒がせしてすみません……。誰にも迷惑をかけないよう、ひっそり活動してきたつもりが……まさか……幽霊だなんて……」

シャシンブちゃんは大きなため息をつき、思いっきり落ち込んでしまった。

「シャシンブちゃん、元気を出すのだ！」

「そうだよ。おかげで実行委員としての最初の任務も全うできて、感謝してるよ！」

「本当ですか……？」

「うん！」

「そうですか……少しでも……その……お役に立てたなら……よかったです」

「そういえば、シャシンブちゃんは文化祭には参加しないの？」

「そうですね……今活動しているのは私ひとりきりですし……それに今から交ざるにもなにをすればいいのかわからないので……」

「そんなの簡単なことなのだ！　他の部員に声をかけるとか、ダメなら友達に手伝ってもらえばいいだけなのだ！　わたしが若いころは、友達と目いっぱい楽しんだものだぞ！」

なんの気なしに言った校長の言葉に、シャシンブちゃんは深いため息をついた。

「友達……いないんですよね」

「ま、まさかいじめられているのか!?　うぅっ、青蛙高校にそんな生徒がいるなんて」

涙目になってショックを受ける校長に、シャシンブちゃんは申し訳なさそうに答える。

「いえ……いじめ以前の問題というか……えっと……みんな、私の存在に気づいていない気が……すみません……もう慣れっこなので……平気なんですが……」

「ならば青蛙祭でみんなと協力し合って、友達になればいいのだ！」

笑顔を作ってはいるけど、シャシンブちゃんはとても寂しそうに見えた。

「……その協力する相手は……どこで見つければ……なにせ部員は私ひとりみたいなものですし……」

「なるほど、今から仲間を探すとなると……うーむ、う――む」

校長は髪の毛を指先にくるくる巻き付けながら懸命に考え始めた。とんちで有名なあのお坊さんのような動きに、なにかいい秘策が飛び出すかも！　と期待していたのだけど……。

「あとは委員長ちゃんに任せよう！　これは実行委員としての腕の見せどころなのだ！」

「え！　また私に丸投げ!?」

「シャシンブちゃんを助けてあげてほしいのだ！　青蛙祭を最高の思い出にしてあげたいのだ」

「いきなりそんなこと言われても……私だって力になりたいよ。でも、他のトラブルも解決しなきゃだし……」

「他のトラブル？　なにかあったのか？　委員長ちゃん」

「もう忘れちゃったの!?　お化け屋敷とカフェの揉め事とかいろいろ……」

校長室での壮絶なバトルを思い出し、頭を抱えていた私はハッとひらめいた。

「あぁっ！　そうだ、いっしょになんとかしちゃえばいいんだよ!!」

——数日後
山積みの雑務に追われているうちに、私たちは前夜祭の前に生徒たちだけで行うプレオープンの時を迎えていた。

「きゃ————っ！」

「たすけて————っ!!」

真っ暗なオバケ廊下には、たくさんの生徒たちの悲鳴が響き渡っている。

「ふふっ、どうやら作戦大成功みたいだね」

「さすがは委員長ちゃん！　場所のことで揉めていたお化け屋敷を、オバケ廊下に移動させるなんて、天才なのだ！」

満足げに頷く校長の元へ、この間苦情を言いに来たお化け屋敷の担当者たちがやってきた。

「ありがとうございます！　おかげでみんな大喜びです！」

「教室でやるより真っ暗になるし、オバケ廊下の怪談のおかげで雰囲気も出て」

「正直、校長がこんなに役に立つと思いませんでした！」

「まぁそう褒めてくれるな。照れるじゃないか」

微妙にディスられてるような気もしないでもないけど……校長は満足げにうなずいている。

「それにお礼なら、この作戦を思いついた委員長ちゃんに言ってほしいのだ！」

そう言って校長が私を前に押し出すと、みんなが笑顔で声をかけてくれた。

「ありがとうございます！」

「助かりました！」

「天才すぎます！」

アイデアを出して移動を手伝っただけなのに、こんなに喜んでくれるなんて……！　とうれしくなっているうちに、みんなの輪のすみっこに、シャシンブちゃんがいることに気がついた。

お化け屋敷のスタッフの中に強引に放り込んじゃったけど、うまく溶け込めたかなぁ……。

と少し心配しながら様子をうかがっていると、みんなが写真を差し出してきた。

「見てください。シャシンブちゃんの写真、すっごく評判がいいんですよ！」

写っているのは、お化け屋敷でびっくりしているお客さんたちの顔。

「さすがはシャシンブちゃん！　決定的瞬間を上手に捉えているのだ！」

校長が写真をほめると、シャシンブちゃんは照れくさそうにはにかんだ。

「いえ…全部その…校長先生と実行委員長さんのお陰です」

「いやいや、全部委員長ちゃんのアイデアなのだ。お化け屋敷とシャシンブちゃんのコラボなんて、よく思いついたのだ！」

「えへへっ。これなら自然と仲間になれるかなーと思って。それでどう？　文化祭は楽しめそう？」

「はい！　忙しいのは大変ですけど、みんなの喜んでいる顔を撮れるのって、楽しいです…！」

シャシンブちゃんの笑顔にホッとしている間も、周りのみんなの楽しそうなお喋りは続いていた。

「本番もがんばろうね！」

「うん！　そうだ、お腹へったし妖精カフェの試食会に行ってみない？」

「いいねー。シャシンブちゃんも行くよね！」

「う…うん！」

シャシンブちゃんは、みんなと手をつないで楽しそうに海の妖精カフェへ駆け出していく。

その背中を、私たちはニコニコしながら見送った。

「はー、シャンブちゃんに仲間ができて、お化け屋敷の問題も、妖精カフェの問題も、オバケ廊下の問題も一気に解決！　委員長ちゃん、一石四鳥のお手柄なのだ！」

「えへへっ、最初はどうなるかと思ったけど。前夜祭もその先もがんばらないとだね！」

「うむうむ。トンネル探しも後回しにして、がんばってくれてわたしはとってもうれしいのだ！」

「……トンネル探し……あぁっ!!」

一番大事な目的を思い出し、慌てて飛び出そうとする私の手を、校長がぎゅっとつかんだ。

「それより次の問題を解決するのだ！　明日はいよいよ前夜祭。実行委員長の仕事はまだまだ始まったばっかりなのだ！」

こうして、青蛙祭の幕が上がろうとしているのだった。

幕間　お化け屋敷にて

これは青蛙祭当日、私と校長がお化け屋敷を訪れた時の、おまけの話。

「うぅっ……思った以上に真っ暗だね……本当にお化けが出てきそう……」

〝海底に沈む呪われた村〟というコンセプトの不気味な空間を、校長の合羽の裾を握りながら進んでいく。

「委員長ちゃん、やっぱりオバケが怖いのだろう？」

「ち、違うよ。私、オカルトとか信じてないし……」

強がって答えた次の瞬間、耳元に生温かい吐息と共にささやき声が聞こえてきた。

「……そうなんですか？」

「きゃ――！　でた――――っ！」

恐る恐る振り返ると、そこにいたのは……！

「すみません……、あの……驚かすつもりはなかったのですが……」

「シャシンブちゃん！　そっか、ここで写真を撮ってるんだもんね」

「はい！　私……これまでずっと影の薄さがコンプレックスだったんですけど……、おかげで、お客さんに気づかれずにいい写真をたくさん撮れています！」

「楽しそうでなによりなのだ！　そういえば、お化けクリオネはどこなのだ？」

「ここのメインの展示なんだよね？」

「はい。私がご案内しますね……こちらです」

校長とふたりでシャシンブちゃんの後ろをついていくと……。

「うわー！　これはすごいのだ――――っ！」

目の前に現れたのは、握り拳サイズの巨大なクリオネたち。

火の玉みたいにゆらゆらと浮遊しているけれど、その姿は妖精のようにかわいらしくて、辺りは幻想的なムードに包まれていた。

「きれい……ここだけお化け屋敷じゃないみたい！」

「青蛙祭のために、お化け屋敷のスタッフみんなで大切に育てたそうですよ」

「はぁ～、かわいいのだ～！　クリオネちゃん、握手してほしいのだ～！」

校長は大喜びでクリオネに近づき、翼のようにひらひらと揺れる足に触れようとする。

「待って、校長！　触っちゃダメって書いてあるよ……」

「わたしはこの学校の校長先生であるぞ！　わたしがいいと言えば、なんの問題も……」

目をキラキラと輝かせながら、校長がクリオネに触れようとしたその時……！

「うぎゃ――――っ!!」

クリオネの頭がパカーンと開き、頭のてっぺんからバッカルコーンと呼ばれる6本の触手が飛び出した。

「ひ、ひ――――っ!!」

校長が悲鳴をあげると同時に、背後からパシャパシャとシャッターを切る音が聞こえ……。

「ふふっ。決定的瞬間、いただきました♪」

振り返ると、カメラを構えたシャシンブちゃんが微笑んでいた。

「あ、もしかして……」

「はい♪　朝からたくさんのお客さんを撮りましたが、今の校長先生の表情が一番です!」

「よかったね、校長。写真の出来上がりが楽しみ……あれ?　校長?」

「うぅっ……ガクガクガク……ブルブルブル……」

校長は私たちの足元に小さく丸まって、ブツブツとなにかつぶやいていた。

「悪霊退散……悪霊退散……わたしは食べてもおいしくないのだ……」

「校長?　校長!!」

「はっ!　委員長ちゃ〜ん!」

我に返った校長が、目をウルウルさせながら私の胸に飛び込んできた。

「怖かったのだ～！　一生のトラウマなのだ～！」

「もう、しょうがないなぁ」

腕の中でブルブル震えている校長の頭を、私はそっとなでてあげた。

「よしよし、怖かったね。びっくりしたよね。暗いから手をつないで行こっか」

「委員長ちゃ～ん！　さすがは私の委員長ちゃんなのだ～！」

手をつないで歩いているうちに、校長はようやく落ち着きを取り戻した。

「はぁ～。それにしても、お化けクリオネは見事な展示だったなぁ。校長のわたしから特別賞をあげたいくらいなのだ！」

「さっきまであんなに怖がってたのに……」

「こ、怖がってなど！」

「本当にぃ？　シャシンブちゃんが証拠、撮ってくれたみたいだけど？」

「はい！　後で現像して校長室に持っていきますね」

「うぅっ……わたしの校長としての威厳が……」

苦い顔をする校長を笑っていると、シャシンブちゃんが声をかけてきた。

「あ、それから委員長さんの写真も」

「え……!?　私の写真なんていつの間に？」

「ふふっ、それは見てのお楽しみです♪」

シャシンブちゃんの明るい笑顔を見られたのは、うれしかったけど……。

私の写真って……!?

ささやかなドキドキを抱えつつ、私たちは実行委員会本部こと校長室に戻るのだった。

第2話　海藻ゆらめく前夜祭

プレオープンが無事終わり、私たちは校長室でクレープを食べながらひと休みしていた。

「委員長ちゃんのいちご味、美味しそうなのだー。わたしのバナナのと交換してほしいのだ」

「交換って、校長もう食べ終わってるでしょ」

「あははっ！　ばれていたか」

「まったく……。けどシャシンブちゃんも楽しそうだったし、ほっとしたよ」

「うむ、明日からの青蛙祭……いや、今夜の前夜祭も委員長ちゃんの大活躍を期待しているぞ！」

「あのー、今さらな質問なんだけど……前夜祭ってなにをやるの？」

「そ、そんなことも知らずに委員長ちゃんは委員長ちゃんをやっていたのか!?」

校長は大きな目をさらに丸く見開き、ずぞぞっと後ろにのけぞった。

「そんなに驚かなくても」

そもそも実行委員長になったのだって校長が無理やり……それに依頼をこなすのに必死でそれどころじゃなかったし……と心の中でぼやいていると。

「しょーがない委員長ちゃんだなぁ。でも大丈夫なのだ！　わたしがしっかり教えてあげるぞ」

付け髭を口元に当て、校長は得意げに話を始める。

「青蛙祭の前夜祭では、校長であるわたしが開会の挨拶をするのだが、その前に、実行委員が趣向を凝らしたド派手なセレモニーで会場を盛り上げてくれるのだ！　生徒たちだけでなく、近所の人たちも毎年とーっても楽しみにしている一大イベントなのだが……」

きらきらと目を輝かせながら、校長が私を見つめてくる。

「ちょっ、ちょっと！　そんな期待を込めた目で見つめられても、私そんなの考えられないよ！」

「大丈夫、アイデアはわたしがとびきりおもしろいのを思いついたのだ！　委員長ちゃんは準備と運営のサポートをしてくれれば」

「なんか嫌な予感しかしないけど……アイデアって？」

「お化け屋敷の巨大クリオネを空に放って、それを私が退治するのだ！　その様子に驚く全校生徒の写真を、屋上からシャシンブちゃんに撮ってもらえば……！」

目をらんらんと輝かせながら、校長は興奮気味に語っているけど。

「さすがに無理じゃない？　そもそも校長って空を飛べるの？」

「はっ！　そこまで考えていなかったが……それをなんとかするのが、委員長ちゃんの腕の見せどころであろう？」

「そんなこと、いきなり言われても」

「ぶぅ～。ならば別のいいアイデアを考えてほしいのだ！」

「そんな、だって前夜祭って今日の夜なんだよね？」

「お願いなのだ！　みんながあっと驚くようなセレモニーを考えて、なんとか前夜祭を盛り上げてほしいのだ！」

「もー、無茶言わないでよー！　それに他の依頼だってまだこんなに。まずはこの相談用紙の山を片付けないと……」

相談用紙の山に手をのばそうとしていると、ちょっと怒り気味の女子生徒が入ってきた。

「失礼します！　私たち水泳部の相談、まだ対応してくれないんですか？」

「ええと……確か、潜水プールの調査をしてほしいっていう」

「謎の生き物が増殖し続けて、大変なことになってるんです！　早くなんとかしてください」

「謎の生き物!?」

校長の目がキラーンと輝いた。

まずい……校長の大好きなワード！　めちゃくちゃ前のめりになってるし、もうこれ絶対引き受けないけない展開なんじゃ……とハラハラしていると。

「委員長ちゃん！　これは最優先で取り組むべき仕事なのだ！」

予想通り、校長は話に食いついてしまった。

「よかったー。じゃあお願いしますね！　私、クラスの準備もあっていっしょには行けないんですけど」

水泳部員さんはそそくさと出ていき、私たちは再びふたりきりになった。

「え……もしかして丸投げ!?」

「なにをしているんだ委員長ちゃん！　大至急、現場に向かうのだ～！」

「でも前夜祭は？　オープニングセレモニーはいいの？」

私のそんな言葉など耳に入っていない様子で、校長は勢いよく廊下へと駆け出していった。

校舎の裏手にある潜水プールに到着すると、緑色の植物がぬるぬると水面を覆い尽くしていた。

「これは……海藻!?　たくさんありすぎて、プールの中がまったく見えないけど……」

「こんなに巨大な海藻、いつの間に……どうやって植えたのだ？」

「相談用紙には、夏休み前まではいつも通りのプールだったのに、休み明けに来たらこうなってたって書いてあるけど……。これを明日までに片付けるなんて、どう考えても無理だよね」

「うーむ、しかし我が校の潜水プールはかなりの深さを誇る自慢の施設。水泳部主催の潜水体験会は、青蛙祭の中でも人気の展示だからなぁ。毎年たくさんのお客さんが来てくれるのに、もし体験会が開けなかったら……」

「そうなんだ。なんとか力になりたいとは思うけど……」

「委員長ちゃんには、前夜祭を盛り上げるという重大なミッションもあるからなぁ」

校長、忘れてなかったんだ……！

プールの問題も前夜祭もかなりハードル高そうだけど、どっちを優先すれば……。必死に頭の中で考える私に、校長は能天気な笑顔を向けた。

「まぁ、そう難しく考えることはない」

「え？　もしかして、なにかいいアイデアでもあるの？」

自信満々な校長の様子に、期待してみたけれど……。

「前夜祭もプールのことも、この間みたいに華麗に解決してくれればいいだけなのだ！」

「そ、そんなぁ～！　さすがに無茶振りがすぎるよー！」

こうして2つの難題が、私に降りかかってきてしまったのだった。

巨大な海藻に埋め尽くされたプールを眺めながら、私は大きなため息をついた。

「今日中にこの海藻を全部取り出すなんて、さすがに無理なんじゃ……」

隣で校長が、珍しく真面目な顔をしてなにやら考え込んでいる。

「校長？　どうしたの？」

「いや、この光景、前にも見たことがある気がしてなぁ。うーむ……あれはいつのことだったろう……水面いっぱいにゆらゆらとたゆたう海藻たち」

「え！　前にも同じことが？　その時はどうやって解決したの？」

UMAや怪奇現象が大好きみたいだし、こんな時くらいは役に立つのではないかと期待を込めて見つめていると。

「はっ!!　思い出したぞ！　ラーメンなのだっ！」

「ラーメン!?」

斜め上の回答に、私は思わずポカンと口を開けた。

「お母様の作るラーメンはとても美味しいんだが、具がちょっと寂しい時があってなぁ。こっそり乾燥ワカメを入れてみたら、予想以上に増えて、どんぶりがワカメだらけになってしまって。あの時はお母様に怒られたものだったなぁ。あははははっ！」

「……校長に期待した私がばかだったよ」

校長に冷ややかな視線を送っていると、校長は慌てて弁解を始めた。

「そんな目で見ないでほしいのだ！　わたしはただ、愉快な思い出話をしただけで。それに、海藻の正体が気になるなら潜って確かめればいいだけなのだ！」

「え、無理だよー。だって私……」

底の見えないプールを覗き込んでいたその時、海藻の間から黒い影が見えた。

「え……！　今なにか水の中で動いたよね？　大きな生き物みたいな……」

「今度こそ未確認生物かもしれないのだ！　委員長ちゃん、今すぐ確かめにいくのだっ!!」

振り返ると校長はすでに、小さな子供が着るようなしましまの水着姿で準備体操をしていた。

「い、いつの間にそんな準備を……」

「水着くらい常備していて当然なのだ！　委員長ちゃんもほら、早く着替えるのだ」

「え、いきなりそんなこと言われても……」

「わたしは先に潜っているから、委員長ちゃんも後に続いてくれたまえ！」

校長は臆することなくプールに飛び込み、私はひとりプールサイドに取り残された。

「どうしよう、私だって力にはなりたいけど……」

言いそびれてしまったけれど、私は実は泳げない。というか水に潜ることだって大の苦手なのだ。みんなどうして平気なんだろう。水の中なんて息もできないのに……怖くないのかなぁ。

恐る恐るプールを覗き込んでみると、水面にチューブのようなものが飛び出ていることに気がついた。なんだろう……？　気になって引っ張ってみると、水の底からブクブクと泡が上がり、校長よりも大きな黒い影が、勢いよく水面に近づいてきた。

「うそ⁉　もしかして謎の生き物⁉」

このままプールに引きずり込まれたらたまったものじゃない！　慌ててプールから後ずさったその時。

「ぷはーっ！」

勢いよく上がってきたのは、ショートカットで日に焼けた肌の女の子。

「あのー、もしかしてホース引っ張っちゃいましたぁ？」

スクール水着姿の女の子は、チューブの抜けた潜水ヘルメットを抱えてプールサイドに上がってくる。

「はっ！　もしかしてこの管で地上から空気を？　ごめんなさい……」

「いえいえ、全然大丈夫っすけど！」

笑顔でそう答えながらも、女の子はスクール水着の背後から大きな鎌を取り出した。

「ひえっ」

プールの中で鎌⁉　……もしかしてこの海藻を刈り取ろうとしていたとか？

もしそうだとしたら、この子が海藻騒ぎの犯人という可能性も……。

「お姉さん、見慣れない顔っすねぇ」

「えっと私は……最近、青蛙祭の実行委員長を任されて」

「ってことは、水泳部の人じゃないんですね。よかったー！　ついに見つかって、送気ホースを引っこ抜かれたのかと思ってビビっちゃいましたよー」

頭をわしわしとかきながら、女の子は子犬のような人懐っこい顔で笑っている。

水泳部とはあまりいい関係じゃないみたいだけど、だとしても、なんでこんなことを。

聞きたいことは山ほどあるけど、相手は強そうな凶器を持っている。

なにからどう話せばいいんだろう……。

迷っている間に逃げられてしまうかもしれない。そう考えた私は、恐る恐るたずねた。

「あの？　あなたは？　ここでなにをしていたの？」

「いやぁ……それはなんというか……あははっ」

女の子は私から目をそらし、明らかになにかをごまかすみたいに愛想笑いを浮かべた。

怪しい……やっぱりこの子が犯人!?　不審に思って彼女の表情をじっとうかがう。

「いやぁ、そんなに見つめられたら照れちゃいますって！　あれ？　プールから誰か出てきましたよ」

プールのほうを見てみると、海藻を頭にたっぷりのせた校長が顔を出した。

「ぷはーっ！　久しぶりに潜るとやっぱり息が切れるなぁ」

「あ、校長。無事でよかった。それで、中はどうだったの？」

「すごかったのだ！　下まで潜ってみたのだが、巨大な海藻がプールを埋め尽くしていて！

ワカメが増えるどころの話じゃなかったのだ！」

「ちょっ、なんすかその例え！　増えるワカメって！　あははっ！　おもしろいけど、あれは
ワカメじゃなくてケルプちゃんっす！」

「ふむふむケルプちゃんというのかぁ……んん？　というか、キミは誰なのだ？」

「い、いやぁ。ジブンは決して怪しいものでは……！」

女の子は手に握った鎌をぶんぶんと振りながら挙動不審な態度を見せた。

「どう考えても怪しいよね。鎌を持ってプールに入るなんて……やっぱりこの子が犯人じゃ」

プールから上がってきた校長にそっと耳打ちすると、校長はポカンと口を開けた。

「怪しい？　どこがなのだ？　ミズカマキリの家系の子ならばマイ鎌を持ち歩いていてもなん
の不思議もないのだ」

「ミズカマキリ？」

「あ、そうっす！　ジブンこの血のせいか、潜る時はこれ持ってないと、なんか落ち着かない

んですよねぇ」

女の子は無邪気に笑っている。

どうやらこの世界では、鎌を持ってプールに潜るタイプの人がいるらしい……。

「それよりジブンが育てたケルプちゃん、めっちゃかわいくないっすか？」

育てたって！　やっぱりこの子が犯人で決まりだよね！　けど、なんでこんなことを？　どうやって解決すればいいのかな……。

作戦を考えている間も、女の子はペラペラと楽しそうに話し続ける。

「あ、なんでこんなに巨大なのかですって？　それはモチロン愛っスよ！　ジブンの愛にケルプちゃんが応えてくれた〜、的な？　まあ、水泳部には迷惑かけてるっぽいすけど……。あれっすね！　憎まれっ子世にはばかる、的な？」

聞きたいことが山ほどあるのに、彼女は話しかける隙を与えてくれない。

「っていうか校長、それケルプちゃんの実じゃないっすか！」

女の子は校長が抱えている黄緑色の大きな風船のようなものを指さした。

「うむ、海藻を引っこ抜くのは無理そうだから、とりあえず実をひとつ拝借したのだが」

「これ、プリプリしててかわいいっすよね〜！」

「かわいいかはわからないが、海ぶどうみたいで美味しそうなのだ！」

確かに、海ぶどうにもこんな実がついてた。けど、このサイズが大量に……!?

水中の様子を想像して、背筋がゾクっとしたその時。

ブシャー！　と水風船が弾けるような音が鳴り響いた。

「ぶぎゃー！　実が！　実が破裂したのだー!!」

「大丈夫っすか!?　ケルプちゃんの実はデリケートですからね、優しく扱ってくれないと」

「うぐっ、手も水着もべとべとなのだ～！　助けてほしいのだ～」

「もう、しょうがないなぁ。これ使って」

ポケットからハンカチを取り出し、校長に渡そうとすると、女の子が慌てて割り込んできた。

「ストーップ！　拭いたらくっついて取れなくなっちゃいますよ。ケルプちゃんの粘着力、ちょっとした接着剤並みなんで」

「てことは、水着も肌にくっついたままになるんじゃ……」

「そうっすねぇ。無理に剥がそうとすると、皮までべろーんて剝けちゃうんで」

「そ、そんなぁ……ということは、わたしはこのまま一生べとべとの水着姿のまま生きねばならないのか？」

「うぅっ、こんな格好では校長としての威厳が……委員長ちゃ～ん！」

大粒の涙を浮かべて私にすがりつこうとする校長を、女の子が慌てて引き留めた。

「あぶなーい！　抱きついたら委員長センパイもくっついちゃいますよ！」

「それは、さすがに困るよね」

申し訳ないとは思いつつ、校長から一歩距離を取ると、校長は涙声でつぶやいた。

「うぅっ……一生誰とも触れ合えなくなるなんて……」

「とりあえず、ウチの部室に来てください。イイ感じの溶剤があるんで」

「溶剤？　部室？　……そういえばあなたはなに部なの？」

「えへへっ、それは後のお楽しみってことで！　ほら、カチカチに固まっちゃう前に来てください」


女の子が連れてきてくれたのは、たくさんの植物が飾られたビニールハウス。

「ここは？」

「園芸部の部室っす！　校長、これ使ってみてください。どんな粘液も一気に落ちるスーパー溶剤っす」

「うぅっ、なんかちょっと怖い気もするが……」

「あははっ、大丈夫っすよ。私も入部したてのころはよく後先考えずになんでも触って、ベッタベタになって。その時に先輩がこれ使って落としてくれたんですよ。ほら、こんな感じに手に擦り込めば……」

慣れた手つきで女の子が溶剤を校長の手に垂らす。

「おおっ！　なんだこれは！　ぬるぬるが一瞬にしてサラサラに！」

「すごいでしょー。なにせ1滴で石鹸100個分のスーパー洗浄力ですから！」

「はー、よかったのだ〜！　エンゲイブちゃん。キミはわたしの命の恩人なのだ！」

「えへへっ、それほどでも。ちなみにこの溶剤、水に溶かすとでっかくて丈夫なシャボン玉も作れるんすよ！」

エンゲイブちゃんは、ガットの外れたテニスラケットを使って大きなシャボン玉を作ってくれた。

「ほら、この通り」

「うわぁ〜！　わたしがまるごと中に入れそうなのだ」

「あははっ！　それもアリっすねぇ。ちょっとツンツンしたくらいじゃ破れないんで」

「すごいのだー！」

楽しそうに笑い合うふたりの姿に思わずほっこりしてしまったけど、私はすぐに本題を思い出した。

「はっ！　そんなことより、あの海藻たち！　あなたが植えたってことだよね？　明日までになんとかしないと」

「いやぁ、それはさすがに無理っすよ！　だってあの量、あのサイズですよ！」

「確かにすごい量だったのだ。でも元はといえばエンゲイブちゃんが植えたのだろう？」

「ジブンが植えた時は、手のひらサイズの赤ちゃんだったんですよ。でもケルプちゃんってすごいんすよ！　1日に30センチのペースで成長するらしくて！　初めて本で読んだ時はまじかー！　って感動しちゃって。で、試してみたくなったんです！　けどまさかあんなに育ってくれるとは。やっぱりジブンの愛っすね！」

……この子にいくら話しても、解決は難しそう。

そこで私は本人ではなく園芸部の代表者さんに相談することにした。

「あの、部長さんて今どこに？」

「海藻園じゃないっすかね？　多分」

「海藻園？」

「はい！　青蛙祭でウチの部がやる展示なんすけど、なかなか見応えがあってかっこいいんですよ！　まぁジブンのケルプちゃんにはかなわないっすけどね～。だってジブンの愛するケルプちゃんは……」

「うん、わかったわかった。ケルプはさっき見たから、海藻園が見たいな。校長もそう思うでしょ？」

「うむ！　我が校の海藻園は迫力満点、委員長ちゃんもびっくりすること間違いナシなのだ！」


着替えを済ませた校長とエンゲイブちゃんに連れられてやってきた中庭で、私は息を飲んだ。

「なにこれ！　すごい……！」

「えへへっ、委員長センパイは海藻園初めてっすか？」

「うん……」

ゼリーのようにそり立つ水の壁の中に、色とりどりのサンゴや海藻が飾られ、その中を涼しげに魚たちが泳いでいる。

「これ……どういう仕組みなの？　なんで水のかたまりが立ってるの!?」

「えーっ！　委員長センパイ、そんなことも知らないんすかっ!?」

「委員長ちゃんは転校生ちゃんだからなぁ。それにしても知らないことがちと多すぎる気がするが」

「そーいうことなら、ジブンがめちゃくちゃわかりやすーく教えてあげるっす！　この水の壁は、学校の地下に眠っている巨大なウミウシが持ってる力場のおかげで出来てるんすよ！　ウチの学校のウミウシ、めちゃくちゃでっかいから引力やら斥力もすんごいらしくて！　それで海水がザバーって立ち上がっていい感じになるんすよ！」

「うむ、実にわかりやすい説明なのだ！　エンゲイブちゃんはすごいのだ！」

「えへへっ、昔から理科は得意だったんで！」

ふたりは満足げにうなずいているけど、なにを言っているのかさっぱりわからない……。

「むむっ？　委員長ちゃん、なんだかポカンとした顔をしているが」

「もしかして、ジブンの説明じゃわからなかったっすか？」

「えっと、説明以前にその……ウミウシの引力って？」

「えーっ！　そこからっすか！　小学校の理科で習うとこですよ！」

「いやはや委員長ちゃんはしっかり者に見えて、案外世間知らずだからなぁ」

世間というか、この世界の常識が違うだけな気もするのだけど……。

「こうなったら、小学校からやり直しのだ！」

校長は合羽のポケットからノートとペンを取り出すと、独特な画風のイラストを描き、図解をし始めた。

「ウミウシの引力というのはだなぁ……」

「気にはなるけど……そんなことより、早く海藻の問題を解決したほうがいいんじゃ……」

「それも大事なことだが、勉強はもっと大事なのだ。なにせわたしは教育者だからなぁ」

付け髭を口元に当てて校長がふんぞり返ると、すかさずエンゲイブちゃんが合いの手を入れた。

「いよっ！　校長先生っ！　かっこいいっす」

「えっへん！　わたしが小学校の理科からみっちり補習してあげるのだ！」

テンション高く盛り上がる校長とエンゲイブちゃんの勢いは止まらず、私は苦笑いを浮かべた。

こんなことで本当に、明日からの青蛙祭に、それから今夜の前夜祭に間に合うのかなぁ……。


校長が独特のタッチで図解してくれた、この世界の仕組みは、私が今まで学んできたのとは全然違う摩訶不思議なものだった。

「これは……ウミウシ？」

「うむ。我が校の地下で眠っているとっても大きな子なのだ。大きな生き物はみんなそれぞれ水を引き寄せたり、逆に遠ざけたりする力を持っているのだが……」

「磁石みたいな感じっすね！」

エンゲイブちゃんの相づちに校長は満足げに頷いて、手に持った付け髭をくるりと回す。

「うむうむ。うちのウミウシとは比べ物にならないほど強力でなぁ。その2つの力がつりあっているからこそ、海藻園のような水の壁が出来上がっているらしいのだ」

「なんだか先生みたいっす！　校長！」

「れっきとした先生なのだが……」

丁寧に説明してもらっても、いまいちピンとこないけど、私はなんとか自分なりに情報を整理してみた。

「なるほど……惑星が持ってる引力みたいなものなのかなぁ？」

「ワクセイ？　それはなんなのだ？」

「なんかワクワクする言葉っすねぇ！」

……この話、校長たちに伝えるとややこしくなりそう。こうなったら強引にでも本題に戻しちゃえ！

「そ、そんなことより！　園芸部の部長さんは？」

「部長？　あぁ、さっきまでいたんすけど。ていうか、部長になんの用だったんすか？」

「潜水プールのケルプのこと、あなたひとりじゃ解決できなそうだから相談したくて」

「えーっ！　それは絶対ダメっす！　これはジブンのサプライズ計画なんで」

「サプライズ？」

「はい。青蛙祭で引退する3年のセンパイたちに見たこともない巨大海藻を育てて見せてあげたくて！」

「後輩から先輩への愛！　青蛙高校の生徒は優しい子ばかりでうれしいのだ」

「えへへっ。それで夏休みの間に潜水プールに忍び込んでケルプを育てて、いい感じになったところでこの海藻園に植え替えようと思ってたんすけど……思った以上に成長しちゃって、ひとりじゃ引きずり出せなくなっちゃったんすよねぇ。サプライズだから、センパイたちにも相談できないし、どうしよーかなーって考えてる間にもどんどん大きくなっちゃって！　いやー、水泳部には本当に悪いことしちゃいましたけどねぇ。あははっ」

悪い子じゃないのはよくわかったけど……この子、まったく反省してなーい！

そう思った私は、慌てて代わりのアイデアを提案した。

「先輩がダメなら、同じ学年の子に協力してもらうのは？」

「あー、無理っすねぇ。ジブン、部内では変わり者枠っていうか！　あははっ。同学年のみんなはチャレンジ精神が足りないんすよねぇ。けど、やっぱり乙女なら一度は巨大海藻を育ててみたくなるもんでしょう！　抜けなくなっちゃったのは予想外っすけどねー。あははは っ！」

だめだ……。やっぱりこの子には任せられない。

ため息をつきつつ、私は彼女に問いかけた。

「事情は大体わかったよ。でも青蛙祭が始まるまでになんとかしないとだよね」

「そうっすねぇ。ジブンもケルプちゃんたちをもっと広い場所に移してあげたいんすけど。なにせあの量っすから」

「しかも、あのネバネバがびっしりプールの床や壁にくっついてて、そう簡単には抜けそうもないのだ」

「そうなんすよねー。巨大なクレーンでも使って引っこ抜かない限りは……」

「確かにそれができれば一発で解決なのだ！　でもそんな予算は……」

「じゃあどうすれば……」

うつむいて考え込んでいると、それまで日の光に照らされていた地面が急に暗くなった。

「雲？　雨でも降るのかな？」

「はー、委員長ちゃんは忘れっぽいのだなぁ。空を見てみるのだ。雨ではなく、クジラなのだ！」

校長に言われて顔を上げると、頭上に巨大な空飛ぶクジラが浮かんでいた。

「私がこの学校に来た日に見た子かな？」

「いや、あの時の子よりずっとずっと大きいのだ！」

「超レアっすよ！　あんなサイズのは滅多に飛んでこないんで！」

「そうなんだ………」

ゆったりと校舎の上空に浮かんでいるホシクジラを眺めているうちに、私はある考えを思いついた。

「あぁっ!!」

「ん？　どうしたのだ？　そんな大きな声をあげて」

「ねえ校長、もしかしてあのクジラも引力を持っているの？」

「もちろんなのだ！」

「ってことは……！」

「ん？　委員長ちゃん、一体どうしたのだ？」

「校長、私いいこと思いついちゃったかも!!」

「あのクジラの引力を使えないかな？」

頭に浮かんだアイデアを、私は校長とエンゲイブちゃんに興奮気味に伝えた。

「どういうことなのだ？」

「どうにかして、プールに近づけられれば、ホシクジラの引力でケルプが根元から持っていかれるんじゃないかと思って」

「うひゃー！　委員長センパイ、天才すぎます！　たしかにあの子くらいでっかければ、ケルプちゃんを引っこ抜けるくらいの引力、ありそうですもんね」

「さすがは委員長ちゃん！　名案なのだ！」

「ホシクジラの好物っていったら、スルメですよね！」

「うむ、その通り！　特に七輪であぶったスルメの匂いが大好物で」

「そうなんだ。ってことは、プールサイドでスルメをいっぱい焼けば！」

「ホシクジラが来てくれるってことですよね！」

「とりあえず、わたしが屋台のみんなにお願いしてスルメを調達してくるのだ！　校長のわたしの力をもってすれば、スルメの１００枚や５００枚たやすく分けてもらえるはずなのだ！」

「じゃあジブンと委員長センパイで炭の準備をしましょう！」

見事なチームワークに、もしかしたらうまくいくかも！　と期待が膨らんだのも束の間……。

「ただいまなのだ……」

エンゲイブちゃんとプールサイドで炭をおこしていると、校長がしょぼくれた顔で戻ってきた。

「校長、あれ？　スルメは？」

「うぅっ……これしか譲ってもらえなかったのだ」

校長が持ってきたスルメはたったの1枚。改めて、校長の人望のなさに驚いてしまう。

「校長、ちゃんと事情、説明したんだよね？」

「うぅっ……その前に、前夜祭のセレモニーのことを聞かれてしまって。気まずくて逃げ出してきたのだ」

校長は、目をうるうるさせながら私の制服の裾をつかんだ。

「委員長ちゃん、スルメをいっぱい手に入れるためにも、今すぐド派手なセレモニーを考えてほしいのだ！」

「そんなの、できるわけないでしょ。前夜祭の開始まであと1時間もないんだし」

「でも、セレモニーをやらないとスルメは分けてもらえないのだ」

「そんなこと言われても……」

「あのー、なんか大変そうっすけど、こっちもうかうかしてたらクジラ、行っちゃいますよ？」

エンゲイブちゃんに言われて空を見上げると、ホシクジラはゆらゆらと校舎の向こうへ遠ざかろうとしていた。

「あわわっ……大変なのだ！　とりあえずこの1枚だけでも焼いてみるのだ」

「そんなんじゃ絶対届かないよ。貴重な1枚なんだから確実に使わないと……」

「っていっても、この距離っすからねぇ……さすがに厳しいっすよ」

「だよね。うーん、なにかいい方法があればいいんだけど……うーん……って校長！」

完全にあきらめモードに入った校長は、さっきの溶剤を使ってシャボン玉遊びを始めていた。

「あははっ、もうおしまいなのだぁ。校長の威厳もセレモニーも。あははっ！　屋根まで飛んでこわれて消えるのだ〜♪」

……もうだめだ。校長がやる気をなくしちゃったら私にできることなんてない。

大きなため息をつきながら、空に浮かんだシャボン玉を眺めていると……。

ふわふわと屋上まで昇ったシャボン玉は、校舎にぶつかって割れるかと思いきや、吸い寄せられるように、ホシクジラのほうへと進路を変えた。

その様子を見て、私は思わず声をあげた。

「はっ！　もしかしたら、スルメ1枚でもなんとかなるかも!!」

「委員長センパイ！　スルメ1枚でもって、どうするつもりですか？」

「シャボン玉だよ。スルメの匂いをシャボン玉の中に閉じ込めて飛ばすの！　うまくいけば、クジラの引力に引っ張られてシャボン玉がクジラのところまで行って……」

「匂いが届くかもってことですね!!　やってみましょう！」

「校長もほら、手伝って！」

私たちは1枚しかない貴重なスルメを七輪にのせて炙り始める。

「ふむむっ、いい匂いが出てきたのだ！」

「エンゲイブちゃん、シャボン液の準備はいい？」

「オッケーっす！　たっぷり準備したんでじゃんじゃん作りましょう」

私たちは、ガットの外れたテニスのラケットに、特製のシャボン液をたっぷりつけ、周りの空気を包み込むように大きなシャボン玉を作った。

「スルメの香りを残らず閉じ込めるのだ〜！」

3人がかりで作ったシャボン玉たちは、ふわふわと空に舞い上がりホシクジラのほうへと飛んでいく。

「お願い……！」

祈るようにシャボン玉の行方を見守っていると、クジラの体にくっついたシャボン玉がぱちんと弾けた。

「よっしゃー！」

「あとはクジラが戻ってきてくれれば……」

ドキドキしながらシャボン玉を飛ばし続けていると、ホシクジラはくるりと方向転換をし、シャボン玉の発生源であるこちらへと向かってきた。

「ホシクジラー！　こっちなのだ！　美味しいスルメはここなのだー！」

校長がスルメをパタパタとあおぎながら呼び寄せると、少しずつホシクジラがプールのそばに寄ってきた。

「これ、本当にいけるかも！」

「ですね！　校長も委員長センパイもすごいっす！」

ドキドキしながら空を見上げていると、ついにホシクジラがプールの真上にやってきた。

クジラの引力で、ザバザバとプールの水面が波立つ。

「これ以上ここにいると、わたしたちまで吸い寄せられるのだ！　校庭に避難するのだ！」

校長に手を引かれ、私たちはプールサイドから逃げ出した。

裏庭から校舎を突っ切って校庭に到着すると、そこには全校生徒が集合していた。

「はっ、そうだった！　校長、もう前夜祭の時間！」

「あわわっ……すっかり忘れていたのだ。委員長ちゃん、セレモニーの準備は？」

「できてるわけないでしょう。今までずっといっしょにいたんだから」

「そんなぁ、わたしの挨拶だけでは前夜祭が盛り上がらないのだー！　みんなをガッカリさせたくないのだぁ」

「もう、しょうがないなぁ。私もいっしょに謝ってあげるから。ね、挨拶だけでもやらなくちゃ」

駄々をこねる校長の手を引いて、私は校庭に置かれた朝礼用のステージ前にやってきた。

前夜祭の開始予定時刻はもうとっくに過ぎている。とにかく、校長の挨拶だけでも。

校長の手を握り、私はいっしょにステージに上がった。

「こ、今年も青蛙祭を開幕することになったのだ……生徒の諸君には……」

自信なさげにスピーチをする校長に、生徒たちのヤジが飛ぶ。

「これが前夜祭？」

「挨拶だけ？」

「去年はド派手なセレモニーがあったのに」

「ショボすぎるんですけどー」

みんなの冷たい視線に校長は泣きそうな顔をしている。見ていられなくなった私は、気がつくと校長からマイクを奪っていた。

「ええと、私は先日、校長から任命されて実行委員長になったばかりなのですが……」

震える声で話を始めると、全校生徒の視線が私に集まった。

怖い、もう逃げ出したい……。

そう思いながらも勇気を振り絞って謝ろうとしたその時……！

校舎裏の潜水プールのほうから、ブチブチブチっと大きな音が鳴り響いた。

「なんだ⁉」

「爆竹⁉」

「花火⁉」

みんなが音のするほうを見上げたその時、校舎の向こうから、ケルプを全身にまとったホシクジラが空に舞い上がった。

「なにあれ⁉」

「ホシクジラが毛皮着てる〜！」

生徒たちが驚きの声をあげる中、クジラはゆるゆると上昇を続けた。ケルプの先からこぼれ落ちた水滴が月の光に反射してキラキラと輝いている。

「なにこれ」

「すごい……！」

「こんなセレモニー見たことない！」

世にも珍しい空飛ぶ海藻に、生徒たちから歓声と拍手が沸き上がった。

「委員長ちゃん、すごいのだ！　こんなド派手なセレモニー見たことがないのだ！」

「私はなにも……でも、きれいだね」

ふたりでその不思議な景色に見とれていると、エンゲイブちゃんが駆け寄ってきた。

「ケルプちゃん、根こそぎホシクジラが持ってってくれました！　プールの中はすっからかんです！　園芸部のセンパイたちも大喜びで、サプライズも大成功っすよ！」

相談を持ちかけてきた水泳部の子たちもやってきた。

「ありがとうございます！　これで明日からの体験会に間に合いそうです！」

「またもや作戦大成功！　委員長ちゃん、お手柄なのだ！」

校長がマイク越しに叫ぶと、校庭にいたみんなから改めて大きな拍手が巻き起こった。

よくわからないけど……なんとか前夜祭は大成功したみたい。

はーっと安堵のため息をついていると、校長は姿勢をしゃんとただし、みんなに宣言をした。

「この通り、委員長ちゃんはすばらしく優秀な子なのだ！　明日、明後日の本番も大いに期待して青蛙祭を楽しんでほしいのだ！」

「ちょっとちょっと！　そんなにハードル上げないでよー」

「大丈夫。委員長ちゃんならできるのだ！」

校長は自信満々に断言したけど、その言葉にまったく根拠がないことはもう十分にわかり切っていた。

本当に最後まで駆け抜けられるのかな⁉　っていうかトンネル！　忙しすぎて全然探せてないし……！

こうして私の壮大なミッションはまだまだ続いていくのだった。

第3話 魔の手が迫る美少女決定戦

前夜祭が無事終わり、ついに青蛙祭1日目の幕が上がった。

「いよいよ青蛙祭の本番なのだっ！　今日も委員長ちゃんの活躍を期待しているぞ」

「活躍かぁ……また無理難題が降ってこなければいいけど……」

「むむっ！　委員長ちゃん、それはフラグというやつだな？」

校長がニヤリと笑みを浮かべたその時、廊下からバタバタと足音が聞こえてきた。

「う……さっそく嫌な予感が……」

バターン!!

勢いよく校長室の扉を開けたのは、校長と同じくらい小柄な女の子。首から下げた望遠レンズつきのカメラをぶんぶん揺らしながら、息を荒らげて飛び込んできた。

「事件ですっ!!」

「事件!?」

彼女の必死な表情から、ただならぬ事態であることが伝わってくる。

「な、なにが起きたのだ？」

慌てて校長がたずねると、女の子は答えた。

「えっと、事件は……まだ起きてないです」

「え……？」

思わず キョトンとしてしまった私と校長に、彼女はなおも必死に訴えかける。

「でも、絶対にこれから起こるんです！　現場はチアリーディング部が主催するミスコンのステージ。今夜行われる決勝戦の場で、優勝者が殺されてしまうんです！」

「まさか……殺害予告が届いたとか!?」

「それは一大事ではないかっ!!」

「ど、どうしよう……まずは警察に」

「いや、その前に全校生徒を避難させねば」

想像以上の展開に、校長とふたりであたふたしていると。

「いいえ。殺害予告は出ていません。でも、私の記者としての長年の勘がささやいてるんです」

「え……!?　記者？」

「申し遅れましたが私、こういう者でして」

女の子は私と校長に名刺を差し出して得意げに微笑む。

「青蛙高校3年。新聞部、超常現象特集担当記者……ってまさかキミは!!」

校長は大きな目をさらに見開き、浮かれた足取りでスクラップブックを持ってきた。

「これ、私が書いた記事ですね！　こんなにきれいに保管してくれてるなんて」

「実はわたしはこの超常現象コーナーの大ファンでなぁ！　まさかあの名物記者ちゃんに会えるなんて、光栄すぎるのだ～！　サインしてほしいのだ～。それから握手も！」

校長は本題をすっかり忘れて、シンブンブさんに夢中になっている。

「ちょっと待ってよ校長！　それよりまずは事件の話を聞かないと」

「はっ！　そうだったのだ。でもサインくらいは……」

「そんなこと言ってる場合じゃないでしょ？　シンブンブさん、もう少し詳しく、どうして事件が起こると思ったのかを話してもらえませんか？」

「はい。ではまずこちらをご覧ください」

シンブンブさんが取り出したのは、校内新聞のバックナンバー。

「おぉ！　これは去年の秋に特集していた人身御供伝説の！　この記事は読み応えがあって、実に秀逸だったなぁ～」

「もう、校長はちょっと黙ってて！」

記事に目を通すと、この地域に古くから伝わるという人身御供伝説の物語が綴られていた。

「荒ぶる海神を鎮めるため、祭りの夜に強い光を集めて海神を呼び出し、美しい巫女を生贄に……」

「うぅっ……何度読んでも、生贄にされた巫女たちがかわいそうなのだ」

「けど、事件となんの関係が？　よくある昔話ですよね？」

「はー、委員長ちゃんは本当になにも知らないのだなぁ。記事にも書いてあるであろう。現代では姿を見た者はいないが海神は実在すると」

「……それって、幽霊とかUMAみたいな話ってことでしょ」

今回もまた校長の好きなオカルト話に巻き込まれているのだと気づいて、校長をジト目で見ていると、シンブンブさんが割って入ってきた。

「いいえ！　海神は必ず実在します！」

「でも……姿を見た人はいないって」

「幸運にも、人目につく場所で条件が重なることがなかった。それだけの話ですよ」

「条件？　それは一体……」

シンブンブさんは静かに指を1本立てる。

「まずは季節。この町では3年周期で謎の失踪事件が起きています。それが起こるのは決まって青蛙祭が行われるこの季節……」

ひと息ついて、指をもう1本。

「失踪者が最後に目撃された場所は、町外れの灯台など、暗闇の中にまばゆい光がある場所であるという共通点があり……」

シンブンブさんの眼鏡がキラリと光る。

「そして最も重要なのは、失踪したのはみんな、10代の美しい少女であったということ！　これらの条件が、全て重なるのは……！」

「今夜のミスコンのステージ!!　たっ、大変なのだ！　今すぐミスコンを中止にしなくては」

校長はシンブンブさんの話にあっという間に乗せられてしまう。

「ちょっと校長！　落ち着いて！　過去の事件と条件が重なっているのはわかったよ。でも、3年前も6年前も、青蛙祭ではミスコンをやっていたんじゃないの？　その時はなにも起こらなかったんでしょ？」

「はっ……！　言われてみるとその通りなのだ……」

「いえ。残念ながら、それは否定の材料にはなりません。なぜなら青蛙祭のミスコンは、去年までずっと昼間に行われていたんです！　それが、今年は主催者であるチアリーディング部たっての希望で、夜間の開催になったんです！」

「そうなんですね……あ！　でも、昨日の前夜祭も屋外でやったけどなにも」

「ミスコンは光の量が違うんです！　初の夜間開催のために、チアリーディング部が威信をかけて校内のイカ灯をかき集めているので、昨日の前夜祭とは規模が段違い！　真っ暗な校庭に、昼間のように眩いステージ。そんなところに彼女が立ってしまったら……」

「彼女？」

「海神に狙われるのは間違いなくこの子です！」

シンブンブさんが、バン！　と机に置いた写真には、チアリーディングの衣装を着た華やかな美少女が写っていた。

「彼女はチアリーディング部のエース！　通称チアブ。校内の誰もが憧れる学園のマドンナ。100年にひとりの逸材とも言われる彼女は、間違いなく今年の優勝者になるでしょう。そんな子が、祭りの夜にまばゆい光に照らされたりしたら……！」

シンブンブさんは真剣な表情で、私たちに頭を下げてきた。

「お願いします！　彼女を海神から守るためにも、今夜のミスコンを中止にしてください！」

シンブンブさんの熱い気持ちは十分すぎるほど伝わってきた。

けど、情報源はあの胡散臭い校内新聞の記事だけ。それだけで、人気イベントを中止にするなんて……。どう答えるべきかを迷っている間にも。

「校長と実行委員長の力があれば、中止にできますよね？　ね？」

シンブンブさんは私の制服の裾をつかみ、グイグイと迫ってくる。

「うーん……まずは主催者であるチアリーディング部と話をしてみるのはどうでしょう？」

「それが筋なのはわかってます！　けど、あの人たちが私なんかの話を聞いてくれるとは……」

自信なさげに背中を丸めるシンブンブさん。確かに彼女がひとりで、スクールカースト上位のチアリーディング部の女子生徒たちを説得するのは難しそうだ。

どうすればいいかを考えていると、校長がぐいっと前に出てきた。

「そこはわたしに任せるのだ！　校長のわたしが説得すれば楽勝なのだ！」

「本当ですか！　さっすが校長先生！」

シンブンブさんに頼られた校長は、付け髭を口元に当てて自信満々にのけぞっているけど、なんだか嫌な予感しかしない……。

でも、校長がここまでノリノリになっちゃったら止めることなんてできないし、万が一成功する可能性もゼロとは言い切れない。

疑いの気持ちは拭えないけど、ひとまず私は校長たちとチアリーディング部の部室に向かうことになった。

「というわけで今夜のミスコンを中止にしてほしいのだ！」

張り切って部室に乗り込んだ校長が、説得を試みる。話を聞いたチアリーディング部のみんなは……。

「言っている意味がわかんないですけど〜」

「こんなうさん臭い記事、信じるわけないでしょ？」

「変な妄想でイベントを台無しにしないでほしいんですけど」

ある程度、予想はしていたけど……誰ひとり話を聞いてくれない。

またもや校長の人望のなさを痛感していると、部室の奥からスタイル抜群の女の子が、ウェーブがかった長い金髪をなびかせながら現れた。

「話は聞かせてもらったけど、なんで私たちが従わないといけないの？」

まばゆいオーラを放つその子は、シンブンブさんが被害者になると予言したチアブさんその人だった。

「ミスコンは全校生徒みんなが楽しみにしているイベントなの。口出しするのは野暮ってものじゃない？」

チアブさんの言葉に、そうだそうだ、と周りの部員たちも口をそろえる。

「それに、今日のためにチアリーディング部のみんながどれだけがんばって準備をしてきたのか、あなたたちは知らないでしょう?」

チアブさんの堂々とした態度に、シンブンブさんは言葉を詰まらせた。

「そ……それは」

「みんなの大事な思い出づくりの場を、そんな理由で中止になんてできないよ」

「でも……あなたになにか起きてからじゃ……」

きっぱりと反論するチアブさんに、シンブンブさんは必死に食い下がる。それを見ていたチアリーディング部員たちは、口々にシンブンブさんを非難し始めた。

「そもそも、人身御供伝説なんてただの昔話でしょ?」

「もしかしてこの子、チアブちゃんに嫉妬してるんじゃない?」

「うっそー、それでミスコンを台無しに!?」

「ありえるー!　いつもぼっちであんなうさん臭い記事書いてるんだもんね」

スクールカースト上位の女の子たちに囲まれ、きつい言葉を浴びせられたシンブンブさんの目に、じわっと涙が浮かぶ。

「ちょっと、みんな……!」

シンブンブさんの顔を見たチアブさんは、みんなになにかを言い出そうとしたけど、それを遮るようにチアリーディング部員たちは話を続けた。

「チアブちゃんもはっきり言ったほうがいいよ、迷惑だって」

「ていうか、怖いからあんまり関わらないほうがいいかも〜」

「あははっ、言えてる〜。ほら、早く行こう！」

「……う、うん」

チアブさんはなにか言いたげな顔をしながらも、みんなに腕を引かれて、そのまま去っていった。

「やっぱり事件が起こる前に説得するっていうのは、ちょっと無理があったのかも。説得の材料も校内新聞の記事だけじゃ……」

私が今回の反省ポイントを話すと、シンブンブさんが必死に訴えかけてきた。

「けど、私の記者としての勘が！」

「そうなのだ！　ＵＭＡは実在するのだ！」

シンブンブさんに便乗する校長をなだめるように、私は話を続けた。

「でもほら、オバケ廊下の時だって！　お化けの正体はシャシンブちゃんだったよね」

「うっ……それを言われてしまうと……」

校長は言葉に詰まって黙り込む。その隙に私はシンブンブさんにたずねた。

「確か、あの記事もシンブンブさんが書いたものでしたよね？」

「はい。あの謎を解明したのがおふたりだという話は、聞いています。でも、今回はガセネタなんかじゃないんです！」

「そうは言っても、噂話だけを根拠にミスコンを中止するのは……みんなも楽しみにしているみたいだし、ひとまず開催しつつ様子を見るというのはどうでしょう？」

「うーむ、確かに委員長ちゃんの言う通りかもしれないなぁ」

校長とふたりで、なんとかシンブンブさんをなだめようとしてみたけど。

「そんなのだめです！　お願いですから私に力を貸してください！」

シンブンブさんが土下座をしようとしたので、私と校長は慌てて引き留めた。

「危険な目に遭ってほしくないいんです。だって、チアブちゃんは大事な友達だから……」

「「えっ!?」」

シンブンブさんの思いがけない言葉に、校長と私は驚きの声をあげた。

「ふたりはお友達なんですか!?」

「タイプが全然違うというか……さっきはまったくそう見えなかったが」

「ですよね……今はすっかり疎遠になって1軍と底辺みたいになっちゃいましたけど……チア

ブちゃんとは幼なじみで」

　シンブンブさんは、カメラにつけていたイソギンチャクのぬいぐるみのストラップを大事に握りしめながらつぶやいた。

「小さいころは本当に仲がよくって、宝物を交換っこしたりしてたんです。このストラップをもらったお返しに、私はチョウチンアンコウのストラップをあげて……。今じゃ考えられないですけど、チアブちゃんって大人しくって、私のほうがお姉さんっぽかったんですよ？」

　懐かしそうにつぶやくシンブンブさんは、なんだかとても寂しげに見えた。

「そうだったんだ……」

　大切な友達を想うシンブンブさんの気持ちが、じわじわと伝わってきて、私は校長に目配せをした。

「私たちにできること、なにかないかな……」

「うむ。ミスコンを開催しつつも、いざという時には彼女を守れるような……」

「そうだ！　私たちが舞台袖に待機して見守るっていうのは？」

　思いついたアイデアを口にすると、シンブンブさんが残念そうにつぶやく。

「関係者以外はステージに近づけない決まりなんですよ」

「むむっ！　わたしはこの学校の校長であるぞ！　わたしの権力を使えば！」

校長が自信満々に言うと、シンブンブさんはさらに残念そうな顔をした。

「難しいでしょうね。さっきの話し合いで、私たち3人は危険人物と認定されちゃったようですし……」

「うーん、じゃあどうすれば……」

必死に作戦を考えていると、校長がカッと目を見開き、尻尾をピンと立てた。

「いいことを思いついたのだ！」

校長の「いいこと」かぁ……。

まったく期待はできないけど、ひとまず耳を傾ける。

「わたしたち3人もミスコンに出場すればいいのだ！」

予想のななめ上をいく提案に、思わず大声をあげてしまう。

「な、なに言ってるの？　そんなの無理に決まってるよ」

「大丈夫なのだ！　今日の昼間に行われる予選を勝ち抜けば、誰でも決勝に進めるのだ！」

校長は合羽のポケットからミスコンの参加要項のチラシを取り出した。

「確かに、予選は飛び入り参加もOKって書いてあるけど……」

校長のとんでもない作戦に、苦笑していると……。

「……私、出ます！　チアブちゃんを守るためなら、なんだってやります！」

シンブンブさんがぐっと拳を握りしめて、宣言した。

「おふたりも、協力してくれるって言いましたよね？　いっしょに出てくれますよね？　ねえ？」

シンブンブさんは、まっすぐな瞳で私を見つめながらグイグイと距離を縮めてくる。

ミスコンに出場なんて、恥ずかしくて無理！

でも、シンブンブさんと校長がうるうるした目でこちらを見つめている。ふたりの熱意に押された私は……。

「……はい」

断りきれず、うなずいてしまった。

「委員長さん！　ありがとうございます！」

「よーし、こうなったら3人で予選を突破して、ミス青蛙の座を勝ち取るのだー！」

「ちょっと！　趣旨が変わってる！　ていうかそもそも校長は出られるの？　一応先生なんだよね？」

「一応ではなく、れっきとした教師なのだ！　でもそんなことは問題なーい！　なにせわたしはこの学校の一番の権力者だからなぁ」

こんな時だけ権力を使うなんて……。と心の中でぼやきながらも、こうして私たちは、チアブさんを守るためミスコンに出場することになったのだった。

◆　◆　◆

校庭に設置された特設ステージには、予選に参加する女子生徒たちがずらりと並んでいる。

「みんなすごい気合い……こんなの絶対に勝ち目ないよね」

観客の視線に緊張しながらも、私は隣に立っている校長にそっと耳打ちした。

「そんなことはないぞ！　委員長ちゃんもシンブンブちゃんも、そしてわたしもかわいさなら負けてないのだ！　それに、予選突破の肝は自己PRタイム！　ここでお客さんの心をがっちりつかめば決勝には進出できるのだ！」

「本当ですか？　でも自己PRなんてなにをすれば」

「そこはわたしに任せてほしいのだ！　毎年審査員をやってきたわたしは、審査員ウケのいいPR方法を知り尽くしているのだ！」

そう言って校長は自信満々に胸を張る。その姿に、私はなんだか嫌な予感がしてならなかった。

「むっ、そろそろ出番のようだな。わたしのスピーチを参考にしてほしいのだ！」

校長は回ってきたマイクを握りしめて一歩前に出た。

「こほん、わたしは言わずとしれたこの学校の校長先生であるぞ！　わたしがミス青蛙に選ばれたあかつきには、学食の焼き魚定食に、お刺身を一皿タダで追加！　さらにもれなくデザートにプリンをつけてあげるのだ！」

校長の気前のよすぎるアピールに、会場の生徒や審査員たちは大盛り上がり。

「選挙の公約みたいになってるけど、これって自己PRの時間ですよね？」

「というか、ミス青蛙に学食の権限なんてないのでは？」

シンブンブさんとヒソヒソと話をしていると。

「次は、今回の優勝候補の委員長ちゃんなのだ！　素晴らしいスピーチ期待しているぞ」

校長は私をぐいっと前に押し出して、ノリノリでマイクを手渡してきた。

「ちょっと校長！　ハードル上げないでよ〜」

校長があおった御陰で、みんなが私に期待の眼差しを向けている。

まさか私がミスコンに出る日が来るなんて……。震える声で私は話を始めた。

「えっと、私は青蛙祭の実行委員長なんですが、つい最近この世界……あ！　学校に転校してきまして……」

緊張で頭が真っ白になり、この先の記憶は残っていないけど、気がつけば私のPRタイムは終了していた。

「はぁ、全然うまく喋れなかった……」

「そんなことはないぞ！　最後に言った『青蛙祭の成功のために精いっぱいがんばります！』という熱い言葉に、わたしはジーンときてしまったのだ」

「……私、そんなこと言ったんだ」

校長とひそひそ話をしているうちに、優勝候補のチアブさんの番になっていた。

「みなさ〜ん、こんにちは〜♪　チアリーディング部3年のチアブです！　青蛙祭、楽しんでますかぁ〜？」

華やかな容姿と、自信に満ちあふれたスピーチで、チアブさんは会場にいるみんなの心を一瞬で鷲づかみにした。

「かわいいのだ〜！　ミス青蛙はチアブちゃんで決定〜！　サインしてほしいのだ〜」

「こらこら、校長。話の邪魔しちゃダメだよ」

チアブさんの元へ飛び出しそうな校長を引き留めつつも、私は少しホッとしていた。

出番が彼女の前でよかった。この後にやる子がちょっと気の毒だけど……。そんなことを考えていると、隣でシンブンブさんが置物のようにカチコチに固まっているのに気がついた。

「もしかして、シンブンブさんの出番って……」

「ど、どうやら次みたい……」

チアブさんへの歓声が鳴り止まぬまま、シンブンブさんの順番が回ってきてしまった。

「どうも……シ、シンブンブです。校内新聞で超常現象の記事などを……」

シンブンブさんは背中を丸めてボソボソと話し始めた。でも、チアブさんの後だったこともあり、存在感はまるでゼロ。

「うぅ……やっぱり私にミスコンなんて……」

シンブンブさんが舞台から逃げ出そうとすると、校長がぐいっと彼女の腕をつかんだ。

「あきらめちゃダメなのだ！　チアブちゃんを守りたいのだろう？」

「はっ！　そうでした……でも私なんかがアピールできることなんて……」

「いっぱいあるのだ！　いつも記事にしている幽霊やUMAや超常現象の話とか！」

校長の的外れなアドバイスに思わずポカンとしてしまう。

「え!?　それはさすがにミスコンでは……」

でも、私がそう言っている間にシンブンブさんは舞台の真ん中に戻り、熱く語り出していた。

「みなさんは、この町に伝わる人身御供伝説をご存知でしょうか……荒ぶる海神が町の豊かな資源を食い荒らし……」

シンブンブさんは、さっきまでとは別人のように意気揚々と語り出したのだけど、彼女が熱くなればなるほど、お客さんの熱は冷めていき……。

「はーい、ありがとうございました～」

司会者の無情な一言でシンブンブさんのPRタイムは強制終了。そのまま舞台袖へと退場させられてしまった。

「ううっ……私、絶対に落選ですよね……」

舞台袖で結果を待つ間も、シンブンブさんはずーんと落ち込み続けていた。

私は必死になってフォローをする。

「しょうがないですよ。私もうまく喋れなかったし、もしも通過するとしたら、観客をモノで釣った校長くらい」

「むっ！　モノで釣るとは失礼な！　わたしのこの愛らしさと人気があれば予選通過は当然の結果……」

そんな話をしている間に、予選通過者が発表される時間になった。

舞台袖は校長に任せるとして、私とシンブンブさんはどう動けばいいかな……。

結果なんて聞くまでもないので、ひとりで作戦を練り直していると……。

「委員長ちゃん！　すごいのだー！」

目をらんらんと輝かせながら、校長が駆け寄ってきた。

「おめでとう、決勝進出なのだ‼」

「え……私が⁉」

慌てて結果が貼り出されたボードを見にいくと、校長やシンブンブさんの名前はないのに、確かに私の名前が書いてある。

「すごいのだー！　さすがは委員長ちゃんなのだ！」

落選したのに校長はハイテンションで私の結果に大喜び。その隣でシンブンブさんは背中を丸めている。

「も、もともと受かるとは思ってなかったですし！　ステージ上は委員長に任せます！」

「任せるって言われても、私ひとりじゃ……」

「大丈夫です！　私はどうにか取材ということでステージ下に待機できるようにしてもらいますから」

「うむ。とにかく次の手を打つために、作戦会議を始めるのだっ！」

こうして私たちは、夜に行われる決勝戦に向けて、作戦を練り直すことになったのだった。

校長室に戻った私とシンブンブさんに、校長は大張り切りで話を始めた。

「さぁ、決勝に向けての作戦会議なのだ！　チアブちゃんは確かに手強い。しかし、わたしがプロデュースをすれば委員長ちゃんでもミス青蛙になれるのだ！」

「待って待って、校長！　目的が変わっちゃってるから！　私は同じ舞台でチアブさんを守ることができれば……」

「ダメなのだ！　志を高く持ってこそ、青蛙高校の生徒なのだ！　最終審査は自前のおしゃれな衣装でアピール！　ということで、委員長ちゃんにぴったりのドレスを準備したぞ！」

「えー!?　いつの間に……」

校長がどこからともなく取り出したのは、カラフルなスパンコールや巨大なフリルのついたド派手なドレス。

「これを、私が着るの……」

「ウミウシをイメージしたフリルがキュートであろう♪」

校長がフリルを指でつまむと、それだけでキラキラと光が反射して目が眩しい。

さすがにこれは着られない。なんとか校長の機嫌をそこねずに、うまく断るには……。

頭の中で言い訳をひねり出していると、突然シンブンブさんが校長からドレスを奪った。

「こんなの絶対にだめですっ！」

「むぅっ！　シンブンブちゃん、どうしたのだ？」

「こんなのを着て舞台に立ったら海神の格好の餌食になっちゃいます！　人身御供伝説の内容を思い出してください。海神は眩しいものに引き寄せられる。つまり強い光におびき寄せられる習性があるんです！　だからキラキラしたドレスなんて御法度なんですよ！」

「うーむ、そうであった……。だが、チアブちゃんの華やかさに対抗するには、このくらい派手じゃないと……」

残念そうにつぶやく校長に、私は内心ほっとしながら声をかけた。

「残念だけど、チアブさんを守るためにもあきらめたほうがいいよね、うん」

「むぅ、これさえ着れば委員長ちゃんにも優勝チャンスがあるというのに……。うぅっ……わたしはなんの役にも立てないなんて」

目に涙を浮かべながら落ち込む校長を見かねて、シンブンブさんが声をかけた。

「じゃあ被服室に行ってみませんか？」

「被服室？」

「はい、生徒たちが授業で作ったドレスがたくさんあって、自由に借りることができるんです。光を反射しない素材のすてきなドレスを、校長に選んでもらいましょう」

「わたしが選んでいいのか？」

さっきまで泣きそうだった校長の目が、一瞬で輝きを取り戻した。

「う、うん……」

校長のセンスは正直ちょっと心配だけど、私はうなずいた。

「よーし、じゃあ早速、行ってみるのだ！」


被服室のドアを開けると、女子生徒たちの賑やかな声が聞こえてきた。

「わぁ！　チアブちゃんかわいい！」

「こっちも似合うんじゃない？」

「スタイル抜群だからなにを着ても似合うよね～」

チアブさんとチアリーディング部のみんなを見て、校長は苦い顔をした。

「むむっ、先客がいたか。しかも強力なライバル」

「勝とうなんて思ってないから……。それでシンブンブさん、光を反射しない素材っていうと……あれ？」

隣にいたはずのシンブンブさんの姿が見当たらない。と思ったら……。

「ダメだよ、こんな派手な服！」

いつの間にかシンブンブさんは、チアブさんの衣装にダメ出しをしていた。

「こんなキラキラした飾りがついてたら、危ないんだよ！　チアブちゃんはただでさえオーラがすごいのに、こんな派手なドレスまで着たら海神に……！」

必死に訴えるシンブンブさんに、チアブさんは少し困った顔を浮かべている。

すると、周りにいたチアリーディング部のみんなが一斉にシンブンブさんを非難し始めた。

「部外者が口出ししないでほしいんですけど～」

「さては予選で落ちたから妬んでるんでしょ」

女の子たちのきつい言葉に泣きそうになりながらも、シンブンブさんは逃げずにその場に立ち続ける。

「で、でも……、チアブちゃんの命より大事なものなんて」

そんなシンブンブさんを、チアブさんが困ったような表情で見ているのに気がついた。

もしかしてチアブさん、本当はシンブンブさんの味方になりたいと思ってるんじゃ……？

かすかな期待を込めて、様子をうかがっていると……。

「……私、決勝はこの衣装で出場するから！」

チアブさんは、強い意思をこめた瞳でシンブンブさんにそう告げると、周囲の女の子たちを引き連れて、被服室を出ていってしまった。

「そ、そんなぁ……ひどいのだ……」

残されたシンブンブさんに、かける言葉が見つからずにいると。

「ふふふっ、そうだよね。あははははっ！」

「シンブンブさん？」

「どうしちゃったのだ!?」

突然笑い出したシンブンブさんに、私と校長は困惑してしまう。

「ふふっ……私、バカみたいですよね。さっきチアブちゃんが黙り込んだ時、ちょっと期待しちゃったんです。……もしかしたら、部活のみんなじゃなくて、私のことを信じてくれてるんじゃないかって……。あははっ、私、本当にバカですよねー。もうとっくに違う世界の人なのに」

必死に作り笑いを浮かべているけれど、シンブンブさんの目からは涙がぽたぽたと流れ落ちた。

「……本当にもう、遠くに行っちゃったんだ」

残されたシンブンブさんは、捨てられた子犬のような瞳で、チアブさんにもらったというストラップをじっと見つめ続けた。

* * *

いつの間にか日が暮れて、ミスコン決勝戦の開始時間が迫っていた。

校庭に設置された特設ステージの舞台裏では、優勝を目指すファイナリストたちがきらびやかな衣装を着て、メイクや髪型を入念にチェックしている。

みんな、気合いの入りかたが違う……。

場違いなところに来てしまった感じがして、肩身が狭くなってしまうけど……私は深呼吸をして気持ちを切り替えた。

私の任務は出演者に交じって、舞台上でチアブさんを守ること！　シンブンブさんと校長も、取材というテイでステージのすぐ下に待機できることになったみたいだし、いざという時には……！

重要な役割に少し緊張しながら周囲を見回すと、チアブさんが機材置き場の片隅でひとりウロウロしているのを見つけた。

「チアブさん？　どうしたんですか？」

気になって声をかけると。

「大事な宝物を落としちゃって」

チアブさんは今まで見たことがないような不安げな表情でうつむきながら答えた。

「私もいっしょに探しますね」

「え、でも……あなただって決勝の準備があるでしょ」

「大丈夫です。それで、大事なものって？」

「キーホルダー。チョウチンアンコウのマスコットがついたものなんだけど、見てないよね？」

チョウチンアンコウのキーホルダー？　どこかで聞いたことがある気が……。

「あれがないと私……」

チアブさんの手がかすかに震えているのに気づき、私も探すのを手伝うことにしたのだけど
……。

「うーん、この辺りにはなさそうですね」

「でもここに来るまでは持ってたの。だから落ちているとしたら舞台袖のどこかだと思うんだけど……」

そうしている間にも、決勝の開始時間は刻々と迫り、ステージのある校庭には観客がぞくぞ

くと集まり始めていた。

「もういいよ。手伝ってくれてありがとう」

チアブさんは懸命に笑顔を作って、私にそう告げた。

「でも……大事なものなんですよね？　あきらめずにギリギリまで探しましょう」

そう言ってはみたものの、でも目ぼしいところは探してしまったし、どうすれば……。必死に考え込んでいると。

「委員長センパイ、早速お困りごとっすか？」

「私たちにできることならば……お手伝いします……」

振り返ると、そこにいたのはエンゲイブちゃんとシャシンブちゃんだった。

「え？　ふたりともなんでここに？」

「校長先生に頼まれたんすよ！　いい感じに忍び込んで、いざという時には委員長センパイを助けてほしいって」

どうやら校長は、主催者であるチアリーディング部に顔が割れていないふたりを、援軍として送ってくれたらしい。

「ありがとう！　けどふたりとも、よく入れたね。関係者以外は立ち入り禁止のはずなのに」

「へへっ、ジブンは舞台に飾る花の配達って言ったら楽勝でした！」

「私はその……普通に入ってこられました。影が薄いとこういう時に便利なんですよね、ふふ……」

思いがけず仲間が増えて、私たちは４人でキーホルダー探しを再開。

しばらくすると……。

「あ……もしかしてこれではないでしょうか？」

シャシンブちゃんが見つけたキーホルダーを見て、エンゲイブちゃんが喜びの声をあげた。

「どこから見てもチョウチンアンコウ！　チアブセンパイ、これですよね⁉」

発見されたキーホルダーを手渡すと、チアブさんの表情がぱぁっと明るくなった。

「ありがとう！　これ、とっても大事な宝物なんだ……」

大事そうにぎゅーっとキーホルダーを握りしめるチアブさんの柔らかい笑顔を見ていたら、頭の中にシンブンブさんがイソギンチャクのストラップを握りしめていた時の表情が浮かんだ。

「そっか！　これって、シンブンブさんと交換したものですよね？」

そうたずねると、チアブさんはうれしそうに頷いた。

「うん。小さいころに勇気のお守りって、シンブンブちゃんがくれた私の宝物なんだ」

「これがあれば、シンブンブちゃんがそばにいてくれる気がしたから、弱気だった私は少しずつ勇気を持てるようになって……」

どうやらチアブさんも、シンブンブさんのことを大事な友人と、今でも思っているらしい。

「ならどうして、シンブンブさんの話を信じてあげなかったんですか？」

不思議に思ってたずねてみると。

「疑ってたわけじゃないよ。でもどうしてもこのミスコンで優勝したいんだよね。だって自分に自信を持ちたいから」

「え……！　チアブさんはいつだって、みんなの真ん中で自信満々に輝いているように見えましたけど……」

「それは本当の私じゃないの。本当の私は、みんなに流されてばっかりで、本当に大事なものを好きだとも言えない弱い子なんだよ」

弱々しくチアブさんは笑う。

「でも……もし今日のミスコンで1位になれば、それで自信を持てれば、みんなにも堂々と反論できる気がするんだよね。私の大事な友達をバカにしないで！　って。それができたら、シンブンブちゃんにちゃんと謝って、またお話がしたいんだ」

チアブさんの切実な言葉に胸を打たれ、じーんとしていると、話を聞いていたエンゲイブちゃんが話に割って入ってきた。

「えー！　優勝なんてしてもしなくても、友達ならドーンと気持ちぶつければいいじゃないっ

CHEER-RU

すかぁ！」

「う、うん……。みんながエンゲイブちゃんみたいだったら、いいんだけどねぇ」

苦笑しながら、隣にいたシャシンブちゃんに同意を求めると。

「私はその……友達がいたことがないので、正直よくわかりません」

ふたりの意見はそれぞれふたりらしくて、つい笑ってしまう。

でも、私はチアブさんの気持ちが、ちょっとわかる気がした。私も堂々と振る舞うには、なにか実績とか自信を持つきっかけがほしいと思っちゃうから。

そんなことを考えている間に、ミスコン決勝戦の開幕を告げるファンファーレが鳴り響き、予選トップ通過者であるチアブさんの名前が呼ばれた。

「はーい！」

自信満々のポジティブオーラをまとい、チアブさんはステージへと駆け出していく。

たくさんのイカ灯で照らされたステージに飛び出した彼女は、いつも以上にキラキラと光り輝いていて、客席からも大きな歓声があがった。

けど次の瞬間……観客たちの歓声は悲鳴に変わった。

ステージの上空から巨大な影が降りてきて、チアブさんにぬるりと魔の手……いや、足をのばしてきたのだ……！

無数のイカ灯に照らされた舞台の真ん中で、キラキラと輝くチアブさん。その強烈な光に引き寄せられるように空から降りてきたのは巨大なダイオウイカだった！

「チアブさん!!　逃げてっ!!」

舞台袖から大声で叫んだけれど、チアブさんはステージの真ん中で、動けなくなっていた。

「助けなきゃ！」

ステージに駆け寄ろうとした私の腕を、エンゲイブちゃんとシャシンブちゃんがぐいっとつかんで引き留めた。

「今行ったら、センパイまで捕まっちゃいます！」

「丸腰で倒せる相手ではありません……せめて武器かなにかを」

「でも……このままじゃチアブさんが……！」

ダイオウイカの巨大な足が、大蛇のようにチアブさんに絡みつこうとしたその時……。

「チアブちゃんに触るな――――っ!!」

ステージの下から、巨大な望遠レンズのついたカメラが飛んできて、ダイオウイカの足に直撃する！

「チアブちゃん、今のうちにっ！」

ステージをよじ登ったシンブンブさんは、チアブさんを抱きかかえて、ステージの袖へと走り出す。

「よかった。なんとか逃げ切れた……」

ほっとした次の瞬間……逃げ道をふさぐように、さっきとは別の足がぬるりとのびてきて、ふたりの体に絡みついた。

「きゃ――――!!」

足の内側についた無数の吸盤が体に吸い付き、ふたりは身動きが取れなくなってしまう。

「ど、どうしよう……まさか、海神の正体がダイオウイカだったなんて……」

恐怖で頭が真っ白になっている間にも、ダイオウイカはぬるりと空へと浮上し始めた。

チアブさんとシンブンブさんはお互いを守るように、ぎゅっと抱き合っている。そんなふたりめがけて、ダイオウイカが巨大な口をぱっくりと開いた。

「きゃー!!」

大きく開いた口の中にふたりが運び込まれそうになったその時……!

キュ――――!

甲高い海鳥のような声が鳴り響き、ヌルヌルとふたりに絡まりついていたダイオウイカの足の動きがぴたりと止まった。

「え……!?」

突然の出来事に驚きながら、視線をさらに上に送ると……。

「ク、クジラなのだー！」

もじゃもじゃと海藻を身にまとったホシクジラが、ダイオウイカの巨大な胴体にパクッと食らいついていた。

「弱肉強食……！　またもやクジラに助けられちゃいましたね！」

エンゲイブちゃんは安心したようにニコニコしているけど。

「待って！　今度はダイオウイカじゃなくてホシクジラに食べられちゃうんじゃ」

不安になってたずねると、シャシンブちゃんが答えてくれた。

「大丈夫です……クジラは人を食べたりはしませんので……」

「そうなんだ……」

ほっとしたのも束の間、絶命したダイオウイカは全身の力が抜け、ふたりに絡みついていた足がだらんと伸び切ってしまった。

「きゃー!!」

ふたりは、慌てて足につかまったけど、ダイオウイカの足はぬるぬるしているようで、うまくしがみつけないようだった。地面に落ちるのも時間の問題だ！

「どうしよう……あの高さから落っこちたら……」

なすすべもなく、その場に立ち尽くしていると、ステージによじ登った校長がマイクを握りしめ、大声で叫んだ。

「生徒諸君！　校庭のバルブを全開にするのだーっ!!」

校長の指示を聞いた生徒たちは猛ダッシュで校庭に散らばり、各所に埋められた水道のバルブのようなものを開け始める。

「え？　みんななにをしてるの？」

「いいから、委員長センパイも手伝ってください！」

「早くしないと……間に合わなくなってしまいます……」

エンゲイブちゃんたちに急かされ、私も固く閉まっているバルブに手をかけた。

「うぅっ……固い」

長らく使っていなかったようで、錆びたバルブはびくともしない。

「わたしもいっしょに回すのだ！　委員長ちゃん、みんな、いくぞー！　せーのっ！」

校長も加わって、みんなで力を合わせてバルブをひねると……。

プシュー!!

地面から大量の水が噴き出し、校庭の各所から無数の水の柱が立ちのぼった。

「こ、これって……！」

立ちのぼった水の柱は次々と合体して、園芸部の展示で見たような巨大な水の壁が出来上がる。

「すごい……！　あとは、ふたりがちょどいい場所に落下してくれれば……」

祈るように見つめていると、ずるりと手が離れたチアブさんを庇うように、シンブンブさんもいっしょに空から落ちてきた。

「お願い……！」

全校生徒が、ふたりの無事を祈り続けていると……。

バッシャーン!!

大きな音を立ててふたりはなんとか無事、水の壁の中に落下！

ぶくぶくと空気を吐き出しながら水の壁の中から出てきたシンブンブさんとチアブさんに、その場にいたみんなから歓声があがった。

「大丈夫ですか!?」

心配して駆け寄ると、ふたりはずぶ濡れだけど無傷のようだった。

「よかったのだぁ〜！」

新聞

CHE

安心して脱力する私たちをよそに、チアブさんとシンブンブさんはお互いの顔を見ながら笑い合う。

「は〜！　なんか久しぶりにドキドキしたね！」

「うん！　でも私、怖くなかったよ。シンブンブちゃんがいてくれたから」

「私だって！」

「シンブンブちゃん、今までごめんね。大事な友達なのに疎遠になっちゃって」

「気にしてない。チアブちゃんが元気なら、私はそれが一番だから」

「ねえシンブンブちゃん、私、また昔みたいにシンブンブちゃんとふたりで遊びたいんだ！だから、明日はいっしょに青蛙祭を回らない？」

「でも、チアブちゃんには部活のみんなが……」

「大丈夫だよ。だって私、シンブンブちゃんといっしょがいいんだもん」

そう言うと、チアブさんは心配して駆け寄ってきたチアリーディング部のみんなに声をかけた。

「明日は、大事な親友と青蛙祭を回ることにするね！」

堂々とシンブンブさんを紹介するチアブさん。その表情には、吹っ切れたような清々しさがあった。

最初はその言葉に驚いていたチアリーディング部のみんなも、チアブさんの笑顔を見て納得したらしく、顔を見合わせて頷く。

「シンブンブちゃん、そういうことだから、いいでしょう？　ね？　お願い！」

チアブさんにかわいくウィンクでおねだりをされたシンブンブさんは、お姉さんのような口ぶりで答える。

「しょーがないなぁ。じゃあ、いっしょに回ろう！」

笑顔で、明日の約束をするふたりを見て、私たちはほっと安堵のため息をついた。

青蛙祭1日目もなんとか無事……ではまったくなかったけれど、なんとか終えることができそうだ。

明日は一体どんなことが起きちゃうんだろう……。ドキドキしながらも私は、明日もがんばろう！　と密かに気合いを入れたのだった。

幕間

委員長をプロデュース

青蛙祭1日目がなんとか終了し、実行委員会本部こと校長室で片付けをしていると。

「お邪魔します！」

シンブンブさんとチアブさんが、なにやら大きな袋を抱えてやってきた。

「これ、校長と委員長ちゃんにお裾分け♪」

チアブさんがくれた袋を覗いてみると……。

「わぁ！　綿菓子にチョコバナナにりんご飴なのだ！」

「こんなにたくさんのお菓子、いいんですか？」

「ミスコンの景品なの。だから遠慮しないで」

「ミスコン……まさか、もう結果が出たのか!?」

「はい！　優勝は私の予想通りチアブちゃんでした！」

シンブンブさんは自分のことのように誇らしげに答える。

「おめでとうございます！」

「ふふっ、どうもありがとう。私が元気に優勝できたのも、委員長ちゃんと校長のおかげだから、遠慮しないで食べてね♪」

山積みのお菓子に校長は大喜び！　すると思っていたのに……。

「うぅっ……」

「校長、どうしたの？　泣きそうな顔して」

「委員長ちゃんがミス青蛙になれなかったなんて……。なんと不甲斐ない……わたしはプロデューサー失格なのだ……」

校長の大きな目から、ぽろぽろと涙がこぼれ落ちる。

「ちょっと校長！　私、まったく気にしてないから。そもそもミスコンに出たのは、チアブさんを守るためだったんだし、それが果たせて満足してるよ」

「うぅっ……この優しさを、みんなに伝えられていれば……」

校長は予想以上にショックを受けたようで、その場にしゃがみこんでいじけてしまった。そんな校長を見て、チアブさんとシンブンブさんは少し申し訳なさそうな顔をする。

「私たち、余計な報告しちゃいましたかね」

「そんなことないです。私もチアブさんが優勝してくれてうれしいです」

「ありがとう。そう言ってもらえてよかったけど……」

「うぅ……わたしのせいで……」

「校長、いい加減、機嫌直してよ」

明日は青蛙祭の2日目。

なんとか最後まで乗り切るためにも、校長には元気でいてほしい。

「そうだ、もらったお菓子を食べよう！　甘いものを食べれば気分も上がるよ」

「うぅっ……食欲がないから、明日食べるのだ」

……食べないわけじゃないんだ。

でも、いつもなら真っ先に食いつくのに、と心配になってしまう。

「うーん、どうすれば元気になってくれるの？」

困り果ててたずねると、校長はなにかひらめいたように顔を上げた。

「委員長ちゃんがアレを着ている姿を見れば、元気になるかもしれないなぁ」

「アレ？」

「はっ！　さてはアレのことですね！」

シンブンブさんは、校長室の片隅に置かれた段ボールを探り始めた。

アレってまさか……！　めちゃくちゃ嫌な予感が……。

「ありました！　このドレスのことですよね？」

シンブンブさんが取り出したのは、ミスコンの衣装選びの時に校長が用意したド派手なドレス。

「さすがはシンブンブちゃん！　以心伝心でうれしいのだ♪　委員長ちゃんがこれを着てくれたら、私の機嫌は一瞬で直ると思うのだが……」

校長は目を輝かせながら、私をチラチラ見つめてくる。

機嫌、もう直ってる気がするんですけど……。そう思いながらためらっていると。

「お願いなのだ！　委員長ちゃんのドレス姿を見ないと、わたしはもうがんばれないのだ」

目をうるうるさせながら、校長がせがんでくる。

いつものこの流れ……もう絶対に着ないといけないやつだ。

「……しょうがないなぁ。でも1回だけ、この部屋で着るだけだからね」

念押しをして、校長室の奥にある控え室でドレスを着てみることに。

着替えを済ませて、校長室に戻ると……。

「わぁ、委員長ちゃんかわいい♪」

「チアブちゃんに負けないくらいキラキラしてる！」

歓声をあげたチアブブさんとシンブンブさんの隣で、校長が満足げにうなずいている。

「うむ、わたしのプロデュースは間違っていなかったのだ！」

「ウミウシみたいなフリルがたまらないっすねぇ！」

「スパンコールがまぶしいです……」

さっきまではいなかったエンゲイブちゃんとシャシンブちゃんが、手を叩いて喜んでいる。

「い、いつの間にかギャラリーが増えてる……！」

「せっかくならば、みんなに見てほしくて呼んだのだ！」

みんなは私を取り囲んで、ワイワイと盛り上がる。

「もう着替えていいかなぁ。このドレス、見た目よりも重たくて」

恥ずかしくなってそう告げると、チアブさんがうなずく。

「フリルのドレスって、布が何倍も必要だもんね」

「しかも、ぎっしり縫い付けられたスパンコール！　作り手の愛情が詰まってますねぇ！」

エンゲイブちゃんが褒めると、校長は得意げにのけぞった。

「ドレスの重さは、愛の重さなのだ～！」

「ふふっ、名言ですね……」

「新聞の見出しに使えそう！　そうだ。せっかくだから、記念撮影をしませんか？」

シンブンブさんとシャシンブちゃんが自慢のカメラを構えた。

「いい考えなのだ！　ほら委員長ちゃん、ポーズを決めて」

「いきなりそんなこと言われても」

「ならばチアブちゃん、手本を見せてくれたまえ！」

「はーい！　じゃあこんなポーズはどう？」

チアブさんはノリノリでポーズを提案してくれたけど。

「えぇっ、恥ずかしいです……」

「照れなくたっていいじゃないですかぁ！　ジブンもいっしょにやりますから！」

「わたしもやるぞ！」

「ほら、委員長ちゃんも」

「は、はい……」

いつの間にか、エンゲイブちゃんと校長もいっしょになってポーズを取り出す。

「ふふっ、みなさんとってもかわいいです……」

「あははっ、青春の1ページって感じだねぇ」

「それでは、撮りますね……」

「次、こっちのカメラにも目線くださいーー！」

シャシンブちゃんとシンブンブさんの2台のカメラで、撮影会は大盛り上がり。

みんなの笑顔を見ているうちに、恥ずかしい気持ちはどこかへ消えてしまった。

みんなが楽しいなら、まぁいっか！

——翌日、その写真がミスコンの結果を知らせる校内新聞の片隅にひっそり掲載されてしまうことなど知らぬまま、私はカメラに笑顔を向けるのだった。

第4話 校庭にそびえる青蛙灯台

「青蛙祭もいよいよ2日目！　今日も委員長ちゃんの活躍を期待しているぞ」

なにかのゲームのラスボスのように校長室のソファーにふんぞり返りながら、校長はりんご飴を食べている。

「またそんな丸投げを……でも夕方には閉幕だし、なんとかそこまでを乗り切れば！」

「む？　なにを言っているのだ？　今夜の後夜祭までが青蛙祭であろう」

「後夜祭!?　なにそれ？　聞いてな――――い！」

「はて、言ってなかったか？」

「聞いてないよ！　まさか前夜祭みたいに大掛かりな準備が必要なんじゃ……もう、なんで言ってくれなかったの!?」

思わず校長の両肩をつかんでブンブンとゆすってしまう。

「うぅっ、くらくらするー。落ち着いて話を聞いてほしいのだ！」

「はっ、ごめん……」

「後夜祭は毎年、生徒会主導で行われるから心配はご無用なのだ！」

「そうなんだ。でも実行委員会だって手伝いくらいは」

「その必要もないのだ。なにせ生徒会長が頑なで、生徒会内部でなんとかすると言って聞かない子だからなぁ」

「ほっ、ならよかった。それで後夜祭ってどんなことをやるの？」

「口で説明するより、見たほうが早いのだ！」


校長に手を引かれて到着した先は、校庭。

腕章をつけた生徒会のメンバーが、木材を高く積み上げて塔のようなものを作っていた。

「これ、前夜祭の前から準備していたやつだよね」

「うむ。毎年生徒会が威信をかけて作る、灯台型のキャンプファイヤーなのだ！　本物の灯台サイズに組み上げた木材に火をつけて、みんなで歌ったり踊ったりするのが、我が校伝統の後夜祭なのであーる！」

「おもしろそう！」

「そういうわけだから、今日はわたしたちもゆっくり青蛙祭を楽しめるぞ！」

「……ってことは！　ようやくトンネル探しができるってことだよね！」

「トンネル？」

「もうっ、忘れちゃったの？　私がこの学校に来た時に通ってきた」

「あぁ、中でミラーボールが回っている、段ボールのあれのことか？」

「うん。校長、校内のどこかで見たって言ってたよね？」

「うーむ、準備の時に見た気がするのだが。はて、どこであったかなぁ……」

「がんばって思い出して！　とにかく思い当たりそうな場所に行ってみよう」

校長の手を引き、校舎に向かってずんずんと歩き出す。


トンネルを探して校内を歩き回っていると。

「くんくん、クレープのいい匂いがするのだ〜」

「お菓子は食べたばっかりでしょ？　後にしよう」

「しかし、トンネルがあったのはこの教室の奥だった気が……」

「本当に？」

怪しいと思いつつ、クレープ店をやっている教室に入ると。

「チョコいちごバナナ青蛙スペシャルを2つほしいのだ！」

「やっぱり……食べたかっただけでしょ？」

「いいじゃないか。年に一度の青蛙祭なのだから、楽しまないともったいないのだ♪」

「そうかもしれないけど……」

「支払いのことなら心配いらないぞ。なにせここは、わたしの学校！　顔パスでなんでも食べ放題なのだ～♪」

校長はうれしそうにクレープを受け取ると、1つを私に手渡した。

「しょうがないなぁ。それで、ここにはトンネルないみたいだけど」

「うーむ、だとすると……体育館だったかもしれないなぁ。ちょうどミュージカル部の公演が始まる時間だし、行ってみよう！」

「それも校長が観たいだけなんじゃ……」

「いいから早く行くのだー！」

校長に手を引かれて体育館に向かう途中で、シンブンブさんとチアブさんに出くわした。

「あっ、校長先生と委員長さん！」

「ふたりもデート？」

チアブさんたちはお揃いのブレスレットや髪飾りをつけて、青蛙祭を満喫しているようだ。

「そんなんじゃないんですけど……そうだ、おふたりはどこかでトンネルの展示を見ませんでしたか？」

「トンネル？」

「はい、段ボールでできたトンネルの内側に、キラキラした魚がたくさん描かれていて……」

そこまで言うと、シンブンブさんが前のめりになって目を見開いた。

「それって、まさか青蛙高校七不思議の！」

「七不思議？」

「前に委員長ちゃんにも見せてあげただろう」

校長は校内新聞の記事を差し出した。

「あぁ、これ。ニシオンデンザメのあたりまでは見た気がするけど」

校長に答えると、シンブンブさんがぐいっと距離を縮めて訴えかけてくる。

「ちゃんと最後まで読んでくださいよー！　ほら、この６つめのところ」

「ごめんなさい。えーっと、６つめの不思議は……」

そこには、『青蛙祭に現れるトンネル……誰も作っていないトンネルの展示が現れることがある。道の先は別の世界につながっているという』と書かれていた。

「うそ、これって！」

驚く私に、シンブンブさんが目を見開いて詰め寄ってくる。

「委員長さんも興味があったんですね！」

彼女に事情を話したら話が大きくなりそうだし、今は黙っておいたほうがいいかも……。と考えていると、シンブンブさんは不敵な笑みを浮かべながらささやいた。

「探すなら急いだほうがいいですよ？　なにせトンネルが現れるのは青蛙祭の期間だけという噂ですから……」

その言葉に、背筋がゾクっと凍りつく。

青蛙祭が終わったら、トンネルがなくなっちゃう……。それって、元の世界に戻れなくなるってことなんじゃ……！

急に焦りが込み上げてきて、私は早足で歩き出す。

「委員長ちゃん！　体育館はそっちじゃないのだ」

「ごめん！　私、急がないと……」


校長の手をふりほどき、ひとりで校内を歩き回ってみたけれど、どれだけ探してもトンネルは見当たらない。

どうしよう。シンブンブさんにも手伝ってもらったほうがいいのかなぁ。でも、せっかくのチアブさんとのデートを邪魔しちゃ悪いし……。シャシンブちゃんはお化け屋敷、エンゲイブちゃんは海藻園の展示で忙しそうだし……。

頼れる相手も見当たらず、ひとりで探し回っていると。

「たすけて〜！　委員長ちゃ〜ん!!」

廊下の向こうから泣きそうな顔をした校長が、バタバタと走ってきた。

嫌な予感……！　と思いつつ、私はたずねる。

「どうしたの!?」

「とにかく助けてほしいのだ！」

校長が私の後ろに隠れると、弓道衣姿の女の子が怒りに満ちた表情で駆け寄ってきた。

「校長！　話はまだ終わっていませんよ」

厳しい目つきで校長をにらむ女の子の腕には、「生徒会」と書かれた腕章が。

「もう勘弁してほしいのだ〜」

「そうはいきません！　生徒会長として、今回ばかりは見過ごすことができません！」

どうやら彼女は、この学校の生徒会長らしい。

「生徒会メンバーが必死に作った灯台を、校長が破壊するなんて前代未聞！　いったいどう責任を取るつもりなんですか？」

「え————っ!?」

想像以上の展開に、思わず声が漏れてしまう。

窓の外を見ると、さっきまでそびえ立っていた灯台がバラバラに崩れていた。

「わたしのせいとは言い切れないのだ。委員長ちゃん、助けてほしいのだー！」

こんなタイミングで重大なトラブル発生！

やっぱりトンネル探しどころじゃなくなっちゃった……。と私は心の中で大きなため息をついた。

「あの……校長が壊したというのは本当なの？」

校長がわざとそんなことをするはずがないと思い、恐る恐るたずねてみると。

「あなたは？　見慣れない顔ですね。それにその制服」

生徒会長は鋭い目つきで、私の頭からつま先までを見つめる。

「えっと、私は校長に頼まれて青蛙祭の実行委員長になった者で」

慌てて答えると、彼女は折り目正しく一礼をした。

「そうですか。私はこの学校の生徒会長。みんなからはカイチョウと呼ばれています。以後お見知りおきを」

凛とした声で挨拶を終えると、カイチョウはすぐに視線を校長に戻して問い詰める。

「それで、校長はどう責任を取るおつもりなんですか？」

「うぅっ、それは……委員長ちゃんになんとかしてもらうのだ！」

「なんとかって！　全然状況がわからないんだけど」

困惑する私に、カイチョウは冷静に事情を説明する。

「先ほども話した通り、校長が私たちの作っていた灯台を小突いて破壊したのです」

「わたしのせいではないのだ！」

「言い訳は無用です。校長が灯台の土台付近を小突いているのを目撃したという生徒がいるんです。なぜそんな悪戯をしたのです？」

「悪戯なんかじゃないのだ。わたしはただ、木材がはみ出てぐらぐらしていたから直してあげようと……そしたらバラバラ崩れてきたのだ」

「やっぱり校長の仕業じゃないですか！」

「そ、それが原因とは限らないのだ！　そもそも太さも長さも違う木の枝を積み上げた塔なんて、崩れやすいものであろう？」

校長は一息つき、カイチョウをまっすぐに見つめて続ける。

「それに、昨日も一昨日も、ホシクジラやダイオウイカのような強い引力を持つ生き物が校庭の真上にやってきた。ということは、前夜祭やミスコンの時点で、崩れかけていたのかもしれないのだ！」

確かに校長の言い訳にも一理ある気がする。でも……。

「残念ですが、その可能性は皆無です」

カイチョウは、後ろで束ねた長い黒髪をなびかせながらピシャリと言い放った。

「なぜなら……昨夜のミスコン開催中に起こったダイオウイカの襲来。その時に、校長の指示で校庭のバルブを全開にしましたよね？」

「あれは、チアブちゃんとシンブンブちゃんを救うために仕方なかったのだ！」

「その行為を責めているのではありません。ただ、あの一件で1週間かけて生徒会総出で組み上げた灯台は水浸しになり、使えなくなったのです」

「え？　じゃあさっきまで校庭で作っていたのは？」

不思議に思ってたずねると、カイチョウは淡々と答えた。

「私たち生徒会が、徹夜で材料集めからやり直したものだったのです。後夜祭を盛り上げるために、一晩でなんとかあそこまで作り直した灯台が、校長の軽率な行動のせいで……」

微かに震える声からも、カイチョウの怒りがひしひしと伝わってくる。

「むぐぅっ……たしかに、わたしが小突いたのはよくなかったと思う。本当に済まなかった」

校長はカイチョウに向かって深々と頭を下げた。

「でも、小突く前からグラグラしていたのは本当なのだ。大急ぎで作ったから不安定だったという可能性も……」

「確かにゼロではありませんね。みんな疲れている中、少人数でがんばっていましたから……。

こちらにも非があったことは認めます。お騒がせしてすみませんでした」

カイチョウは、仕方ないと自分に言い聞かせるように、大きなため息をついた。

「ふぅ、疑いが晴れてよかったのだ。しかし、これからどうしようか……？」

「うーん、事情が事情だし、もう少し規模を小さくしてみるのは？　普通のキャンプファイヤーくらいのサイズなら今からやり直しても……」

校長とふたりで相談をしていると、カイチョウがぴしゃりと話を遮った。

「そんなことは許されません！　灯台サイズのキャンプファイヤーは、代々生徒会が続けてきた伝統の行事なのです。それに今年は、新たな演出のために例年以上に入念な準備とリハーサルを重ねてきたのです。今さら小さな焚き火でお茶を濁すなど、断じてありえません」

カイチョウの意思のこもった言葉は、私たちに一瞬たりとも反論の隙を与えなかった。

「うーむ、後夜祭が始まるのは日没後。それまでに完成させるには……。委員長ちゃん、いつもの調子で華麗に解決策を考えてくれたまえ！」

予想通り、校長の無茶振りが飛んできた。

「カイチョウちゃんも安心して任せてほしいのだ！　委員長ちゃんはすごい子なのだぞ」

「もう、そうやって安請け合いしないでよー。あの、今までのトラブルはたまたま解決できただけで、私そんなに期待するほどの……」

なんとかハードルを下げようと、カイチョウに弁解をしていると。

「ご安心ください。実行委員に協力を依頼しようなどとは、はなから考えていませんので」

「え？」

「そもそも外部の人間であるあなたに頼るのは間違っているでしょう」

カイチョウの言葉に、校長は顔を真っ赤にして反論をする。

「外部の人なんかじゃないのだ！　委員長ちゃんは青蛙高校の転校生ちゃんなのだ！」

「転入届は受理されていないようですが」

「校長の私が許可したのだから問題ないのだ！　それに、委員長ちゃんはこれまでたくさんの問題を解決してくれたのだぞ！」

「それは今回の件とは関係ありません。正規の手続きを踏むまでは、たとえ校長が許可したとしても部外者。これは紛れもない事実です」

「むぐぅっ……相変わらず頭がカチンコチンに固いカイチョウちゃんなのだ」

「とにかく、この問題は生徒会でどうにかしますので」

そう言い放つと、カイチョウはくるりと背を向け、立ち去っていく。

「ぶぅぅっ、あとで手伝ってって言っても遅いのだ！」

ほっぺたをぷくぷくに膨らませながら叫ぶ校長の声に、カイチョウは振り返りもせず行ってしまった。

「珍しいね、校長がこんな憎まれ口を叩くなんて」

「いやはや、わたしとしたことが恥ずかしいところを見せてしまったな。カイチョウちゃんは真面目で優秀な子なのだが、頭が固くて以前からちょっと苦手なタイプでなぁ……」

「まぁ、学校っていろんな子がいるからね。それで、これからどうしようか？」

「あそこまで頑なに拒絶されてしまったら、もうわたしたちにできることはないだろう」

校長はやれやれとため息をついて私に微笑む。

「ちょっと寂しいが、わたしたちは実行委員の仕事をいつも通り続けよう。それに、トンネルだって探さねばならないのだろう？」

「……そうだね」

心に大きなモヤモヤを抱きながらも、私は校長の意見にうなずいた。


カイチョウに拒絶されてしまった私たちは、再びトンネル探しをすることに。

「校長、本当にどこで見たか思い出せない？」

校長は、海の妖精カフェの前で足を止めて私の顔を覗き込む。

「お腹が満たされれば、思い出すかもしれないなぁ」

「しょーがないなぁ、じゃあ少しだけだよ？」

「うむ！　店員さーん、カラフル海藻サラダと、海ぶどうのパスタを大盛りで！」

「そんなに!?　クレープ食べたばっかりでしょ？」

「海藻はゼロキロカロリーだから問題ないのだ！」

得意げに答える校長の元へ、店員さんが済まなそうな顔をしてやってきた。

「すみません、実は昨日、ダイオウイカが降りてきて海が荒れた影響で、海藻の仕入れができなくて……。今日はお食事のメニューが出せないんです」

「な、なんだって!?」

「はぁ……ランチタイムはお客さんがたくさん来るはずだったのに……」

店員さんたちは、困り顔でため息をついている。

この流れは絶対に……！

毎度のやり取りをする時間がもったいない気がして、私は先回りで解決方法を考える。

「そうだ！　ちょっと心当たりがあるのでメニューを1冊借りますね！」

「委員長ちゃん!?　私の無茶振りパートをすっ飛ばして、いったいどこに行くのだー？」

私が駆け込んだのは海藻園。

「エンゲイブちゃん！　海藻園っていろんな種類の海藻があるんだよね？」

海藻のお世話をしているエンゲイブちゃんを見つけて、私は声をかけた。

「そうっすね。この近辺に生息している子は大体取り揃えてますよー」

「ってことは！　このメニューに書いてある海藻も？」

「はい、売るほど生えてますよ～♪」


こうして海の妖精カフェのトラブルは無事解決。

「やはり、困った時は委員長ちゃんに頼るのが一番だなぁ」

「今回だってたまたまだよ」

ほっと胸をなでおろしつつ、ふと疑問に思ったことを校長に聞いてみる。

「それにしても、海の妖精カフェのみんなは、なんで園芸部に頼ろうと思わなかったんだろう？」

「うーむ、ウチの生徒たちは、仲間意識は強いのだが、少々シャイなところがあってなぁ。よそのクラスや部活とのつながりが薄いのが残念なところなのだ」

「言われてみれば、確かにそうかも」

これまでのトラブルを思い出し、校長の言葉はなんとなく理解できた。

「青蛙祭を仲よくなるきっかけにしてくれればよいのだが、これがなかなか」

そんな話をしながら廊下を歩いていると。

「た、助けてください……！」

今度は、この間依頼をくれた水泳部さんがやってきた。

「どうしたのだ？　今日は潜水プールの体験会で忙しいんじゃないのか？」

「そうなんです……見てください」

水泳部さんが指さした廊下の先は、たくさんの人であふれかえっていた。

「これってまさか……」

「例年以上に人が集まってくれて。行列を作って誘導したいんですけど人手不足で……」

困り顔の水泳部さんを見ていられず、私は思わず答えてしまう。

「私たちでよければ、手伝いましょうか？」

すると、校長が慌てて割り込んでくる。

「ちょっと待つのだ！　委員長ちゃんには委員長ちゃんの仕事があるだろう。ほかに誰か、暇を持て余していそうな生徒は……」

「そんな都合のいい子がいるわけ……」

あきらめ半分で周囲を見回すと、チアリーディング部の部員たちが、廊下の向こうからやってきた。

「はーあ、退屈。ミスコンも終わっちゃったし」

「チアブちゃんも取られちゃったし」

彼女たちの話を聞いた校長は目をキラーンと輝かせた。

「いたのだ――っ!!　あの子たちに手伝ってもらえばいいのだ！」

「校長、珍しくナイスアイデア！　水泳部さん、どうでしょう？」

完璧な解決策だと思いながら提案をしてみると、水泳部さんは表情を曇らせた。

「でも、あんな派手で怖そうな子たちが、私たちの手伝いなんてしてくれますかね……」

「わたしがお願いすれば大丈夫なのだ！」

校長は意気揚々と交渉に向かったのだけど。

「えー、なんで私たちが？」

予想通り、チアリーディング部のみんなは表情を曇らせた。それでも校長は自信満々に断言する。

「それはもちろん、暇そうだからなのだ♪」

校長の無邪気な答えに、みんなはぷりぷりと怒り出す。

「失礼すぎるんですけどー」

私は慌てて間に割って入る。

「ちょっと校長！　そんな言いかたないでしょ？　あの、もしよかったら力を貸してもらえないでしょうか？　がんばっている水泳部のみんなを応援する。これもチアの活動っぽいかなー、なんて……」

なんとか手を貸してもらおうと、必死に説得を続けていると。

「いいんじゃない？　みんなで手伝ってあげようよ」

聞き覚えのある声がして振り返ると、チアブさんが立っていた。

「ミスコンを最後までやれたのも、委員長ちゃんと校長先生のおかげなんだし、私はお手伝いするよ♪」

チアブさんは私たちに向かってウィンクをする。

「じゃあ私も！」

チアブさんの隣にいたシンブンブさんも負けじと元気に手をあげる。

そんなふたりを見たチアリーディング部のみんなは、ひそひそと相談をし始めた。

「チアブちゃんがそう言うなら、ねぇ」

「チアブちゃんといっしょなら楽しそう！」

「みんなを呼んでくるね！」

チアブさんの影響力はすさまじく、チアリーディング部のみんなはすぐに手伝いを快諾してくれた。

「ありがとうございます！」

頭を下げると、チアブさんはニコニコしながら答えた。

「どういたしまして♪　昨日の借り、ちょっとは返せたかしら？」

「十分すぎます！　あ、もちろん私も手伝いますので」

話の途中で、シンブンブさんが慌てて話に割って入る。

「待って待って、委員長ちゃんはトンネル探しの途中ですよね？」

「はっ！　そうでした。でも……」

実行委員長としての仕事も中途半端にはできず口ごもった私に、シンブンブさんがささやく。

「いいんですか？　このチャンスを逃したら、次にトンネルが現れるのは来年……いや、数年後の青蛙祭かもしれないんですよ？」

「ここは私たちにまかせて、行ってきて♪」

シンブンブさんの隣で、チアブさんがかわいく微笑む。

「ありがとうございます！」

みんなにお礼を告げて、校長とふたりでトンネル探しを再開すると……。

「た、助けてください……」

保健室のすぐそばで、今度は今にも倒れそうな女子生徒に呼び止められた。

その子の腕には「生徒会」と書かれた腕章が。どうやら生徒会のメンバーらしい。

「どうしたのだ!?」

「カイチョウを、助けてあげてください。私たちはもう限界で……」

ふらふらになりながら、彼女は窓の向こうの校庭を指さす。

そこには、カイチョウがひとりで黙々とキャンプファイヤーを組み立てている姿があった。

「一番疲れているはずなのに、ひとりでもやり遂げるって……。でも、このままではカイチョウが倒れるのも時間の問題です。助けを求められない不器用な人だけど、熱意は誰にも負けないんです。だから……お願いします」

頭を下げた勢いで彼女はばたりと倒れてしまい、そのまま保健室に運び込まれた。

「うーむ、力になりたいのはやまやまだが……」

窓の向こうでは、眠い目をこすりながらカイチョウがひとり黙々と作業を続けている。

その姿は、台風の中ひとりで文化祭の準備をしていたあの時の自分と重なり……。

「やっぱり私、行ってくる！」

気がつくと私は、校庭へと駆け出していた。

💧💧💧

校庭に到着すると、カイチョウはひとり黙々と木材を積み上げていた。

「やっぱり私、お手伝いするよ！」

思い切って声をかけたけど、カイチョウはこちらには見向きもせず作業を続ける。

「手伝いは不要だと、お伝えしたはずですが」

「ひとりで完成させるなんて無茶なのだ！　もう痩せ我慢はやめるのだ！」

校長の言葉で、カイチョウはようやく顔をこちらに向けた。

「痩せ我慢？」

その冷たい視線に、背筋がぞくっと凍りつく。

「お言葉ですが、校長先生はキャンプファイヤーの正しい作りかたをご存知なのですか？」

「木の枝を1本ずつ積んでいけばよいのだろう」

校長は近くにあった細い木の枝を、作りかけの塔のすみっこに置こうとする。

「待ってください！　内側には細い木材、外にいくほど太い木材を使うというのは基本中の基本です。そして、空気の通り道を確保するために適度な隙間を作ること、それから……」

カイチョウの口から次々と飛び出す情報に、私と校長は目を丸くして感心してしまう。

「キャンプファイヤーって、いろいろとコツがあったんだね」

「まったく知らなかったのだ。カイチョウちゃん、その調子でわたしたちにやりかたを教えてくれたまえ」

「お断りします」

ぴしゃりと断られてしまい、校長は思わずつんのめりそうになる。でも、カイチョウはそんなことは気にも留めずに言葉を続ける。

「私たち生徒会メンバーは代々、先輩たちの作業を見て基礎を学び、今日この日のために創意工夫を重ねながら技術を習得してきたのです。それをいちから教えるなんて……そんな時間はありません。あなたたちに指導する暇があるならば、私がひとりで作業をしたほうがはるかに効率的です。それに、あなたがたには実行委員のお仕事があるでしょう。それを放棄してまで手伝おうだなんて、無責任だとは思わないのですか？」

「むぐぐっ……」

「各々が自分に課せられた職務を全うする。その責任感の蓄積で、青蛙祭が円滑に運営できているのではありませんか？」

まっすぐな瞳で問いただしてくるカイチョウに、私たちは言葉を返せなくなっていた。

「ご理解いただけたのなら、実行委員の職務に戻ってください」

冷たくそう言い放つと、カイチョウはひとりで作業を再開した。

「うむぅ、ここまで拒絶されてしまっては……」

校長の言葉に、私は少しだけ違和感を覚えてしまう。

「拒絶……かぁ……」

黙々と手を動かし続けるカイチョウを見ていたら、ひとりでクラス展示の準備をしていた台風の夜の感情が蘇ってきた。

そういえば、あの時の私はみんなを拒絶していたわけじゃなかった。みんなに迷惑をかけるのが嫌だから、手伝ってほしいと言えなかっただけで……。

「うん……！」

気がつくと私は、校庭に無惨に散らばった木材を集め始めていた。

「なにをしているのです？　手伝いは不要と言ったはずですが」

「いいの。これはカイチョウのためじゃなくて、わたしのためだから。あの時、自分がしてほしかったことをしてるだけ、っていうか……」

訝しげにこちらを見ているカイチョウに、私は笑いかけた。

「ははっ、なにを言ってるのかわかんないよね。でも私が手伝いたいの！　実行委員の仕事がきたら、もちろんそっちを優先するから」

話を聞いていた校長が、にっこりと笑顔になった。

「うむ、委員長ちゃんがそう言うなら、わたしだって！」

「とりあえず、校庭に散らばった木材を太さ別に仕分けちゃいますね」

カイチョウの指示がなくてもできそうな作業を考えて、私は手を動かし出した。

「それならわたしにもできそうなのだ！」

「……もう好きにしてください」

あきらめたように頷くカイチョウにほっとして、私たちは木材を選別する作業を始めた。

手順が1つ減ったおかげで、カイチョウの木材を積み上げる作業もペースアップし……。


「うむ、なかなかいい調子じゃないか」

「ペースを上げれば、なんとか後夜祭に間に合うかもしれません」

カイチョウの声が少しだけ柔らかくなりほっとする。

「やっぱり、みんなと協力するのが一番なのだ♪　カイチョウちゃんも、最初から素直に手伝ってほしいと言えばよかったのだぞ」

「確かに、私ひとりでは……」

カイチョウがかすかに口元を緩ませようとしたその時……。

「うっ、うわ――――っ!!!!」

長い木材を運んでいた校長が、足元の資材につまずいた。

「あぶな――――い！」

キャンプファイヤーに突進しそうになる校長に、慌てて手をのばしたけど間に合わない！

もうだめだ……！　と思ったその時。

「おっとっとっとっ……！」

サーカスの綱渡りのように、抱えていた木材でバランスを取り、校長はなんとか転倒を免れた。

「「ほっ」」

私とカイチョウは同時に息をつく。

「はぁ～、危なかったのだ。委員長ちゃん、わたしの華麗なバランス感覚を見てくれたか？」

得意げな表情で、校長がこちらを振り向いたその時。

ブンッッッ‼

抱えていた長い木材が、校長といっしょにくるりと回転し……。

ガッシャ――――ン‼‼

振り回された木材が、キャンプファイヤーに直撃。

カイチョウたちが徹夜で作業をしてきた灯台は、バラバラに崩れてしまった。

「はわわっ……わわわわわ……どどどうすれば……」

大きな目を泳がせながら慌てる校長を、カイチョウは無言で見つめている。

「ご、ごめんなさいなのだ！　わたしはカイチョウちゃんの役に立ちたくて……。と、とりあえず、手伝いを呼ぼう。そうすれば今からでも……」

「……必要ありません」

怒りと絶望に満ちた冷たい声で、カイチョウが言い放つ。

「ほ、本当に悪気はなかったのだ。わたしが誰か呼んでくるし、もっともっとがんばるから……」

「聞こえなかったのですか？　必要ないと言ったんです。キャンプファイヤーは本来、生徒のみんなに青蛙祭を楽しんでもらうために生徒会が始めたもの。……それを、生徒たちの楽しい時間を奪って作らせるなんて、本末転倒にも程があります。お引き取りください」

「でも……」

黙ってはいられず、私もなんとか言葉を絞り出そうとしたけど……。

「いいからお引き取りください！」

カイチョウの強い圧に押し負けて、私たちは校庭を立ち去ることに。

私、余計なことをしてしまったのかも……。

後悔の気持ちがじわじわと押し寄せてくる。


校庭を追い出された私たちはトボトボと廊下を歩いていた。

「うぅっ……わたしのせいで委員長ちゃんまで。本当にごめんなのだ」

「ううん。元はと言えば、私が強引に手伝うなんて言ったせいで」

「「はぁ……」」

ふたり並んで大きくため息をついていると、後ろから声をかけられた。

「どうしたんですか……？　魂を抜かれたような顔をして……」

声の主はシャシンブちゃんだった。

「おふたりのことを探していたんです」

「なにかあったの？」

「いえ……トンネルを探していると、シンブンブさんから伺ったので……」

「そうなんだけど……」

「お手伝いします……ちょうど今……お化け屋敷の休憩時間なので」

シャシンブちゃんの優しさを断ることはできず、いっしょに廊下を歩いていると、奥にある教室の付近にたくさんの人が集まっているのが見えた。

「なんだろう？」

気になって列の先頭を見にいくと、そこは海の妖精カフェをやっている教室だった。入り口では、店員さんに交じってエンゲイブちゃんが元気にお客さんに声をかけている。

「順番に案内するので、もうちょっと待っててくださいね～！　青蛙祭でしか食べられない超レアな海藻メニュー、楽しみにしててください～！」

「エンゲイブちゃん」

声をかけると、エンゲイブちゃんがニコニコしながら駆け寄ってきた。

「あっ！　委員長センパイ！　見てくださいよ、この行列！」

長くのびた列に驚いていると、海の妖精カフェのスタッフがやってきた。

「園芸部さんにレアな海藻を提供してもらったおかげで、お客さんが次々と来てくれて」

「いやいや、ジブンたちも育てた子がこんなオシャレに料理されて感激っすよ！」

教室の中を覗くと、園芸部員のみんなが楽しそうに料理や接客を手伝っていた。

「園芸部の人たちって変わった子が多い印象だったけど、お手伝いもがんばってくれて助かってます」

海の妖精カフェのスタッフの言葉を聞いて、エンゲイブちゃんは楽しそうに笑う。

「あははっ、変人ってとこは否定しないんすね」

「変人とは言ってないよ！　エンゲイブちゃん、ほらパスタができたから運ぼう」

「はーい！　委員長センパイ、ナイスなアシストありがとうっした！」

協力して働くみんなの姿に、落ち込んでいた校長の顔が明るくなった。

「楽しそうでよかったのだ」

「そうだね、ちょっと気が楽になったかも」

気を取り直してトンネルを探して歩いてると、シャシンブちゃんが足をとめた。

「あ、また行列が……こっちはなんの展示でしょうか……」

整然とした行列の最後尾では、チアリーディング部のみんながプラカードを持って、お客さんを誘導していた。

「応援つき潜水体験会、最後尾はこちらで〜す！」

「応援つき？」

気になってプールを見に行くと、チアブさんが潜水プールに向かって、応援のダンスを披露していた。

「あ、委員長ちゃん！」

「チアブさん、すごい行列ですね。それに応援って……？」

「ふふっ、初めて潜水プールに潜るのって勇気がいるでしょ？　だから私たちが応援してあげるの。いいアイデアでしょ？」

ミス青蛙に応援してもらえるとあって、行列はどんどん長くなっていく。

「さすがはチアブさんですね。でも……。せっかくシンブンブさんと青蛙祭を回るはずだったのに、すみません」

「そんな、委員長ちゃんが謝ることなんて全然ないんだから！　実は私も、最初はシンブンブちゃんに悪いことしたかなーと思ったんだけどね……」

チアブさんは、受付を手伝っているシンブンブさんに視線を送る。

「シンブンブちゃーん、お客さんの記念写真お願い！」

「オッケー、今いくねー！」

ミスコンの一件ではあんなに対立していたチアリーディング部のみんなと、シンブンブさんが協力してお客さんを楽しませている。

「いつの間に、仲よくなったのだ？」

不思議そうにたずねる校長に、チアブさんはうれしそうに答える。

「いっしょに作業をしているうちに、みんなもシンブンブちゃんのいいところに気づいてくれたみたい」

その様子を微笑ましく見ていると、水泳部の部長がお礼を言いにやってきた。

「おかげさまで、過去一番の来場者数なんですよ！　チアリーディング部のみんなって、いつも賑やかで少し怖いと思ってたんだけど、明るくてパワーもあるから、すごく助かってます！」

話を聞いていたチアブさんが、驚いたように話に加わる。

「怖い？　私たちそんな風に思われてたんだ……。まぁ確かに、みんな最初はちょっと面倒くさそうだったけど」

シンブンブさんや、楽しそうに笑う部員たちを見ながらチアブさんは続ける。

「やってみたら、誰かの役に立つのはうれしいよねって、今は部活の時以上に燃えてるよ♪」

頼ったほうも、頼られたほうも、楽しそうないい表情。

みんなの輪がつながって、笑顔がどんどん広がっていく。

それを見ているうちに、胸の奥がジーンと熱くなってきた。

「……やっぱり、手伝おう！」

顔を上げてそう告げると、校長は目を丸くして驚いた。

「手伝うって、まさか……」

「うん！」

「しかし、カイチョウちゃんはもういいと。誰にも頼りたくないと言っていたのだ」

「うん。でもね、カイチョウは気づいてないだけなんじゃないかな？」

「気づいてないって？　なんのことなのだ？」

「誰かに頼られるのは、迷惑なんかじゃないってことに。誰かに必要とされて、役に立てたら、すごくうれしくなるってことにね」

夕暮れまでもう時間がない。

私は勢いよく廊下を駆け出した。

「どこへ行くのだ？　校庭はそっちじゃないのだ〜！」

校長の声を背中で聞きながら、駆け込んだ場所……。

そこは放送室。

私はマイクを握りしめ、スピーカーの向こうの全校生徒に向けて叫んだ。

「青蛙祭実行委員会よりお知らせです！」

伝声管のようなマイクを握り、これまでに出したことのないような大声で呼びかける。

「手の空いている生徒のみなさん、校庭に集合してください！　後夜祭で行うキャンプファイヤーを、みんなで作り直しましょう！」

どれだけの人が集まってくれるのかわからない。それでも、私は必死に喋り続ける。

「繰り返します。青蛙祭実行委員会よりお知らせです！」

夢中になって呼びかけた私の声は、マイクからスピーカーを通して学校じゅうに流れた。

廊下に、教室に、屋上に、プールに、海藻園に。

それから、カイチョウがひとりで作業を続けている校庭にも……。

放送を終えた私は、はっと我に返った。

勢いで熱くなっちゃったけど、私の訴えなんかでみんな集まってくれるのかな……。

不安な気持ちを抱えながら、急いで校庭に向かっていると。

「委員長ちゃん、大変なのだ！」

興奮気味に、校長が駆け寄ってきた。

「どうしたの!?」

「とにかく早く来るのだ――――っ!」

校長は私の手を引いて、校庭へと走り出す。

「もう、そんなに急いだら転んじゃうよ……」

校長に引きずられるように校庭に出てみると……。

「うそ……!」

たくさんの生徒たちが、ぞろぞろとキャンプファイヤーの周りに集まっていた。

お馴染みのメンバーが、それぞれの仲間を引き連れて声をかけてくる。

「委員長センパイ! 園芸部&海の妖精カフェチーム、お手伝いに上がりました!」

「チアリーディング部と水泳部、ついでに新聞部からもヘルプにきましたよー」

「私も……お化け屋敷のみんなと……いっしょにがんばります」

「みんな……」

感謝の気持ちで胸が熱くなってくる。

「他の部活やクラスのみんなも続々と集まってきたのだ! やっぱり委員長ちゃんはすごいのだ～!」

飛び上がって喜ぶ校長の向こうに、カイチョウの姿を見つけた。

放送を聞いて集まった生徒たちを、驚いた顔で見回しているカイチョウに、私は声をかける。

「これだけ集まれば、間に合うよね？」

「けど……」

戸惑うカイチョウの元へ、保健室で休んでいた生徒会のみんなも集まってきた。

「カイチョウ、手伝ってもらいましょう」

「手順は私たちがみんなに教えますから」

「せっかく来てくれたんだし、頼ってみましょうよ」

みんなの説得に、カイチョウの心が動くのではないかと期待してみたいけど……。

「でも……みんなそれぞれ青蛙祭を楽しむべきなのに……私のせいで迷惑をかけるなんて……やっぱりありえません！」

頑なにうなずこうとしないカイチョウに、私は声をかけた。

「カイチョウ、みんなの顔をよーく見て」

黙って顔を上げたカイチョウの視線の先に見えたのは、キャンプファイヤー作りにワクワクしているみんなの笑顔。

「迷惑だなんて、誰も思ってないんじゃないかな？」

カイチョウの目をまっすぐに見つめながら、私は自分の思いを口に出す。

「実は私も……ちょっと前までは、周りに頼らずひとりでやり遂げるのが一番だと思ってたんだ。でも、この学校に来て、青蛙祭の実行委員になって初めて気がついたの。自分だけじゃどうしようもないことは、みんなに手を貸してもらうのが一番いいんだって」

隣でうんうんと頷く校長を見ていたら、素直な気持ちが自然と口からこぼれた。

「それに、頼りにされるって、案外悪いものじゃなかったし。なにより、みんなでなにかをやるのは楽しいし！」

「委員長ちゃんの言う通りなのだ！　みんな早く作業を始めたくてウズウズしているぞ」

「お手伝い、みんなでやっていいよね？」

にっこりと笑いかけると、カイチョウはとっさに目をそらしながら小さな声で答えた。

「はい……お願いします」

カイチョウの言葉に、私と校長は目を合わせて笑い合う。

「よーし、さっそく作業を開始するのだー!!」

「後夜祭に間に合うように、みんなでがんばりましょう！」

私と校長の呼びかけに、みんなの頼もしい声が返ってくる。

「お―――――っ!!」

集まった生徒たちは、生徒会スタッフの指示のもと、テキパキと作業を開始した。

クラスも部活も関係のないみんなが力を合わせ、作業のペースは格段にアップ！

けど、それと同じくらいのスピードで、太陽もぐんぐんと沈んでいき……。

「日没までに間に合わせるのは、厳しいかもしれませんね」

カイチョウは、少し弱気になっていたけれど……。

「みんなでなにしてるの？」

「なんかおもしろそう！」

楽しそうに作業をするみんなの姿を見つけた生徒たちが次々と作業に加わり、その結果。

「か、完成なのだ――――!!」

みんなの協力のおかげで、灯台は日没の直前に出来上がった。

しかも、当初の予定よりもさらに大きな灯台だ。

作業に参加した生徒たちは、達成感に満ちた清々しい表情で笑い合っている。

その様子を、ほっとしながら見ていると、校庭にカイチョウの凛とした声が響いた。

「みなさん、ご協力ありがとうございました」

深々と頭を下げてお礼を告げたカイチョウが、ゆっくりと顔を上げると、これまで見たこともないような、穏やかで優しい笑みがこぼれていた。

ずっと険しい表情ばかりだったカイチョウの貴重な笑顔に、生徒たちから拍手が起こる。

優しさにあふれたこの場所が愛おしくて、私と校長は手を取り合って喜ぶのだった。

幕間

睡魔と戦う生徒会長

これは、キャンプファイヤーの作業をしていた時の、ちょっとした裏話。


「この調子なら、きっと日暮れに間に合うよね！」

みんなと協力して手を動かしながら、私はカイチョウに声をかけた。

「……」

返事がないので振り返ると、徹夜作業の疲れが出てきたのか、カイチョウはウトウトと眠りそうになっていた。

「カイチョウ？」

「はっ！　すみません……私としたことが」

カイチョウは慌てて作業を再開したけど、その動きにはさっきまでの俊敏さがない。

「仲間も増えたことだし、カイチョウちゃんは少し休んでほしいのだ」

「そうだね、あとは私たちに任せて保健室で仮眠でも」

校長とふたりで、心配して声をかけてみたけど。

「そうはいきません、ここまでやってきたのに最後の最後で抜けるなんて……」

強い意思のこもったまっすぐな声。

カイチョウの頑な性格を考えると、現場から外れてもらうのは難しそうだ。

「うーん、なにか私たちにできることは……」

カイチョウの助けになりたくて、作業をしながら考え続けていると。

「いいことを思いついたのだ！　カイチョウちゃんの眠気が吹き飛んで元気に作業ができるよう、わたしたちで盛り上げるのはどうだろう？」

「な、なにを突然……」

毎度の唐突な提案にポカンとしている間にも、校長はみんなに声をかけ始める。

「カイチョウちゃんの眠気を吹き飛ばす選手権！　参加者を大募集しちゃうのだ〜！」

校長の呼びかけに、さっそくチアブさんが手を挙げた。

「それなら、私しかいないでしょ？」

チアブさんは、木材を運ぶ作業をしながらも、元気いっぱいに声援を送る。

「ファイト！　ファイト！　カイチョウ！　眠気に負けるなカイチョウ！」

「ご声援ありがとうございます……お気持ちは十分に伝わりました……」

そう言いながらも、カイチョウは相変わらず眠そうに目をこすっている。

「うーむ、チアブちゃんの応援が通用しないとなると……」

校長が考え込んでいると、今度はシャシンブちゃんとエンゲイブちゃんが手を挙げた。

「ジブンとシャシンブちゃんが！　最強の寝起きドッキリ仕掛けちゃいますよ～！」

「ドッキリって……なんか企画がそれてない？」

苦笑している間に、気がつくとシャシンブちゃんの姿が見えなくなっていた。

「シャシンブちゃん？　あれ？　どこに行ったんだろう……」

みんなが辺りを見回していると、カイチョウが声をあげる。

「はっ！　こ、これは……！」

それまでとろんとしていたカイチョウの目が、突然シャキッと見開かれた。

その背後をよーく見ると……気配を消してすぐそばまで接近したシャシンブちゃんが、怪しい小瓶をカイチョウの顔の前に差し出していた。

「さっすがシャシンブちゃん！」

「ふふっ、作戦大成功ですね」

シャシンブちゃんとエンゲイブちゃんが楽しそうにハイタッチをしている。

なにが起きたのかわからず、私と校長はふたりのもとへ駆け寄った。

「シャシンブちゃん？　その小瓶は……」

「いったいなにを使ったのだ？　ドーピングは失格であるぞ！」

校長の言葉を聞いたエンゲイブちゃんは慌てて弁解する。

「そんなんじゃないっすよー！　ジブンが育てたメガストロングミントちゃんっす！　この子をしぼったエキスを嗅げば、どんな眠気もぶっ飛びますからね～」

話を聞いた校長は、興味津々でミントのエキスを嗅いでみる。

「うぐっ！　目が！　目がぁ！　シャキッとするのだ――――！」

大きな目をいつも以上にらんらんと輝かせながら、校長はカイチョウの顔を見る。

「カイチョウちゃん、今ので目が覚めたのではないか？」

「……ありがとうございます……私はもう平気ですので」

カイチョウは淡々とした口調で作業を続けていたけど、ミントの力はすぐに消えて、再び睡魔に襲われてしまう。

「うーむ、シンブンブちゃんはなにかないのか？」

校長がたずねると、シンブンブさんが不敵な笑みを浮かべながら答える。

「じゃあ、眠気が吹き飛ぶどころか、怖くて眠れなくなるような怪談噺を一席！」

シンブンブさんの言葉に、カイチョウはハッと顔を上げた。

「むむっ！　カイチョウちゃん、もしやオカルト好きなのか？」

校長は目をらんらんと輝かせながら、カイチョウの顔を覗き込む。

「そうなのか？　わたしの同志なのか⁇」

うれしそうにグイグイと距離を縮めてくる校長から、カイチョウはさっと身をかわした。

「そ、そんなことはありません。今のは砂埃が……」

カイチョウがそう言うと、シンブンブさんはしょんぼりしてしまう。

「うーん、興味がないならやめておきましょうか……とっておきの話があったんですが」

「いえ、続けてください」

間髪いれずに答えたカイチョウに、校長はうれしそうに笑いかける。

「やっぱり、カイチョウちゃんも怖い話が好きなのだなぁ！」

「ち、違います！　ただ、話を聞きながらのほうがみなさんも作業がはかどるかと……」

カイチョウの言葉を受けて、シンブンブさんは長年温め続けてきた怪談噺を、いつもより低い声で静かに語り始める。

「そこはかつて、処刑場があった場所……近くを通りかかると、夜な夜な女のすすり泣く声が……」

シンブンブさんが話をしている間、カイチョウの顔から眠気は消えて、いつも通りの凜とした表情で手を動かしていた。

「ふふん。どうやらこの勝負、私が優勝ですね」

シンブンブさんは得意げに次々と持ちネタを披露し続けたのだけど……。

怪談噺のネタが尽きると、カイチョウはまた眠そうに目をこすり始めた。

「くぅっ……こんなことならば、もっとたくさんの話を用意しておくべきでした」

「元気だして、シンブンブちゃんはがんばったよ」

がっかりしているシンブンブさんを、チアブさんが励ます。

そうしている間にもカイチョウの疲れは、どんどん蓄積されていき……。

「うーむ、これ以上は……そういえば委員長ちゃん、キミはなにかできないのか?」

やっぱり最後は私に、校長の無茶振りが飛んできた。

「そんな、私はみんなみたいな特技なんてないし」

どうすることもできず、申し訳ない気持ちが湧いてくる。

「委員長さん、お気になさらず……大丈夫、あと少しですから……」

眠い目をこすりながらも、手を止めずにがんばるカイチョウ。

その姿を見ているうちに、思いついたことが口からこぼれ出た。

「というか、みんなで集中して早く仕上げるのが一番なんじゃ……そしたらカイチョウも早く休めるし」

そう言った途端、まわりがシーンと静まり返った。

「はっ！　ごめん。こんな普通のこと言っちゃって」

慌てて謝る私を、みんなは目を丸く見開いて見つめてくる。

「え……みんな、どうしたの？」

ポカンとしながらたずねると、校長たちは顔を見合わせながらぽつりぽつりと話し出す。

「はわわわわっ……」

「そ、そっか……！」

「その手がありましたね……」

「あははっ！　委員長センパイの言うとおりっすねぇ！」

みんなのリアクションの意味がわからず動揺してしまう。

「え……私、普通のこと言っただけじゃ……」

「そうなんですよ！　恐ろしいことに、その普通の回答、ここにいる誰も思いつかなかったんです！」

シンブンブさんの解説に、私は思わず声をあげた。

「え――――っ!!」

「我が校の生徒たちは、個性が強すぎて、普通の発想ができない子たちばかりだからなぁ」

ケラケラと楽しそうに笑う校長に、シンブンブさんがすかさず突っ込む。

「いや、最初に呼びかけたの、校長じゃないですかぁ！」

「とにかく、カイチョウちゃんのためにも、ここからは倍速でがんばろう！」

チアブさんの声に、みんなが「おー！」と気合いを入れ直す。

さっきよりも集中して、みんなが作業に取り組む中、私はカイチョウに声をかけた。

「なんか……ごめんね。私が最初から言っていれば」

「あなたのせいではありませんよ。実は私も、最初からそう思っていましたから」

「え……！　ならどうして」

カイチョウの思いがけない言葉に驚いて、たずねてみると。

「みなさんが楽しそうだったので。せっかく手伝ってくれるならば、こういう時間の過ごしかたも、たまにはいいのではないかと。睡魔はかなり手強いですが、私も楽しませていただきました」

声はとても柔らかいけど、カイチョウはいつも通りのクールな表情で作業を続けている。

その表情を見た私は、心の中で気合いを入れ直した。

カイチョウの笑顔を見るためにも、絶対に日暮れまでに完成させるぞー！

エピローグ

おさかなトンネルと青い空

すっかり日も暮れて暗くなった校庭。その真ん中にある灯台型のキャンプファイヤーを取り囲むように、生徒たちが集まっている。

「後夜祭、まだ始まらないんですかね？」

気になって隣にいたチアブさんにたずねてみる。

「毎年の流れだと、生徒会長が開会宣言をしてから火を灯すんだけど」

辺りを見回しても、カイチョウの姿は見当たらない。

そんな中、シンブンブさんがちょっと得意げに話を始めた。

「私がある筋から仕入れた情報によると、今年はかつてないサプライズな演出を用意しているとか！」

「サプライズ!?　わくわくするのだ～！」

みんなが期待に胸を膨らませながらキャンプファイヤーを見守っていると……。

ドン、ドドン！

校庭の隅に設置された野外ステージから、和太鼓の音が鳴り響く。

驚いて、みんなが振り返ると……。

「カイチョウ！」

ステージ上には、弓道衣姿のカイチョウがひとり、凛とした表情で立っていた。

「みなさん、本日は多大なるご助力をいただき、ありがとうございました。これより、青蛙祭後夜祭を開幕いたします！」

堂々と開会宣言をしたカイチョウが弓矢を手に取ると、生徒会のスタッフが矢の先に火をつけた。

「……サプライズってもしかして！」

生徒たちがざわめく中、カイチョウは弓を構え、静かに弦を引いていく。

「あの距離から狙うのは……さすがに無理なのでは……？」

特設ステージとキャンプファイヤーの間は、かなり離れている。

「それに、勢いよく突っ込んだら灯台、崩れちゃうんじゃないっすか？」

不安げに見ているシャシンブちゃんとエンゲイブちゃんに、校長とシンブンブさんが得意げに声をかける。

「心配はご無用なのだ！」

「カイチョウは地区大会優勝の実力者ですからね。今日のために、持ち前の執念で稽古を重ねてきたようですし」

生徒たちが見守る中、カイチョウは緊張の面持ちで、すっと弦から指を離した。

ヒュン!!

炎のついた矢は、生徒たちの頭上を飛び越え、灯台のてっぺん設置された着火剤めがけて飛んでいき……。

ボッ!!

矢は見事に灯台に命中!! 小さかった炎はメラメラと燃え広がり、大きな炎の柱になった。

「す、すごい……!」

「さすがはカイチョウちゃんなのだ~!!」

サプライズの演出は大成功!! 生徒たちから大きな歓声があがった。


開会セレモニーが無事終わると、あとは生徒たちが各々自由に過ごす時間。

「むむっ、なんだか楽しい音楽が聞こえてきたのだ~!」

音の鳴るほうを見ると、吹奏楽部、軽音部、ジャズ研究会など、音楽系の部活の生徒たちが、即興のセッションを奏でていた。

「すごい……大編成ですね」

「いっしょに灯台作りをしてるうちに、意気投合したらしいっすよ！」

賑やかな音楽が流れると、いてもたってもいられない様子で、チアリーディング部、日本舞踊研究会、社交ダンス部のみんなが自由に踊り始め、他の生徒たちも、つられて体を動かし始めた。

「あははっ！　ダンスならわたしだって負けないのだ〜！」

校長はみんなの輪に突進していき、手足と尻尾をぶんぶん振り回しながら、独特な動きで踊り始めた。

「あははっ！　校長のあの踊り、シャッターチャンスじゃない？　シャシンブちゃん」

話しかけながら横を見ると、さっきまで隣にいたシャシンブちゃんの姿がない。

辺りを見回すと、シャシンブちゃんはクラスメイトたちと楽しそうに写真を撮りあっていた。

クラスのみんなとも打ち解けたシャシンブちゃんは、出会ったころとは別人のように明るい顔で笑っている。その笑顔にほっとしていると、別の方向から賑やかな笑い声が聞こえてきた。

「海藻園で泳いでみたい!?　あははっ、いいっすね！　ぜひ来てください！」

気になって見てみると、エンゲイブちゃんが水泳部のみんなと盛り上がっていた。

どうやらそこも仲よくなったらしい。

じゃあ、海藻騒ぎの犯人は内緒にしておかないとだね……と考えながらキャンプファイヤーの付近に目を移すと、チアブさんとシンブンブさんが炎のそばで仲よく寄り添っていた。

ようやくふたりきりになれたんだ……と幸せそうな後ろ姿を見ていたら、私の視線に気づいてふたりが振り返った。

「委員長ちゃんもおいでよ〜！　焼きマシュマロ美味しいよ」

「焼きバナナもありますよ〜」

声をかけられ行ってみると、ふたりは炎でお菓子を炙って食べていた。

「わぁ！　キャンプファイヤーって、こんな楽しみかたもあるんですね！」

「クレープ屋さんのみんなが分けてくれたんですよ」

「余った食材、なんでも焼き放題だよ！」

話を聞きつけ、校長も駆け寄ってきた。

「わたしも食べるのだ〜！」

校長は、差し出された熱々のマシュマロを、糸をにゅーっと引きながら頬張る。

「あつつっ！　でもおいしいのだ〜！　委員長ちゃんも食べてみるのだ！　はい、あ〜ん」

焼き目のついたマシュマロを、校長が私の口に持ってくる。

「はふはふっ……おいしい〜！」

「甘いものを食べると、次はしょっぱいものが恋しくなるなぁ。どこかから、おいしいおつまみでも降ってこないだろうか」

「そんな都合のいい話があるわけ……」

言いかけたところで、校長の顔の前に大きなスルメが差し出された。

「あのー……校長先生、よかったらどうぞ」

「キミたちは！　スルメの屋台をやっていた！」

「あの時は1枚しかあげられなくてごめんなさい」

どうやら前夜祭の日に、スルメを1枚しか分けてくれなかった屋台の子たちらしい。

「？　いろいろありすぎてすっかり忘れてしまったのだ〜。それより、みんなもいっしょに食べるのだ〜！」

マシュマロを焼いて振る舞う校長に、スルメ屋台のみんなも笑顔になった。

食べたり踊ったり歌ったり。

青蛙祭が始まるまでは部活ごと、クラスごとにバラバラに活動していた生徒たちが、いつの間にか、みんなで火を囲んで笑い合っている。

いろいろありすぎたけど、がんばった甲斐があったのかも……！

最後までやりきれた達成感と安堵の気持ちで、心がぽかぽかに満たされていく。

もう少しだけ、みんなと楽しく過ごしたいけど……。

「よし！」

気合いを入れて立ち上がり、私はトンネル探しを再開することに。

みんながはしゃぐキャンプファイヤーの輪から離れて、ひとりで校庭を歩いていると……。

真っ暗な校庭の片隅に、ぼんやりと浮かび上がる光が見えた。

もしかして……！　私は光のほうへと駆け出す。


校庭を突っ切って到着したその場所には見慣れた人影が……。

「はっ……！　委員長さん」

暗闇に浮かぶ光の正体は、イカ中電灯を持ったカイチョウだった。

「カイチョウ……こんなところでなにをしてたの？」

「それは、その……せ、生徒会長として校内の見回りを」

「そっか。さっきのセレモニーかっこよかったね。みんなも喜んでたよ！」

「ありがとうございます……」

「あんなにステキなサプライズまで用意していたなんて、やっぱりカイチョウはすごいね」

「そんな……すごいのは私ではなくあなたです」

「え？」

「もしもあのまま私ひとりでがんばり続けていたら、キャンプファイヤーもセレモニーも失敗していたことでしょう。うまくいったのは、あなたのおかげなんです」

「あれは、みんながいてくれたからだよ」

「ですが、実行委員会の仕事でもたくさんのトラブルを解決したと聞きました。あなたが実行委員長だったからこそ、今こうしてみんなで後夜祭を迎えられている。それは紛れもない事実でしょう」

　この学校に来てからの時間を丸ごと認めてもらえた気がして、うれしい気持ちが込み上げてくる。

「ふふっ、ありがとう。でも私、思うんだ。やっぱり校長がいたからこそ、青蛙祭は成功したんじゃないかなーって」

「え!?　校長が……。むしろ騒ぎを起こしていたように見えたのですが」

　カイチョウは困惑したように苦笑いを浮かべた。

「あははっ！　確かにそうなんだけど。いっしょに過ごす中で、教えてもらったことがたくさんあるんだよね」

　私は、キャンプファイヤーの周りで誰よりも元気にはしゃぎ回る校長に目を向けた。

「校長のまったく遠慮しないですぐ人に助けを求めるところとか、困った人を放っておけなくて誰にでも手を貸そうとしちゃうところとか。そういう姿に、いつの間にか私も影響受けたみたいで」

「なるほど……」

カイチョウは納得したようにうなずいた。

「あ、なんか私、語りすぎちゃったね。そろそろ行かないと」

再びトンネル探しに向かおうとしていると。

「あの……私にも手伝わせてもらえませんか？」

カイチョウが、私の顔をまっすぐに見つめながらたずねてくる。

「手伝う？」

「トンネルを探しているのでしょう。シンブンブさんたちが話しているのを聞いてしまって」

「……でも、カイチョウだって後夜祭を楽しまないと」

「遠慮など必要ありません。私はしっかり借りを返すタイプなんですよ？　それに、あなたは私の…と……」

「と？」

気になって覗き込むと、カイチョウの顔は真っ赤になっていた。

「とにかく、手を貸すのは当たり前なんです！　青蛙祭が終わるまで、もう時間はありませんよ？　さあ」

　カイチョウに手をつかまれ、校舎に向かおうとしたその時……。

　校舎の手前に、今まではなかったはずの段ボール製のトンネルが現れた……！


「うそ……さっきまでは、なかったよね？」

「はい、私も見覚えありません」

　近くまで駆け寄り、カイチョウとふたりで恐る恐る中を覗き込んでみる。

「なるほど、中には光る魚の絵が。この光るウロコの正体は？」

　光源を辿ってみると、あの時と同じようにミラーボールがくるくると回転しながら光を放っていた。

「やっぱり間違いない！　私がこの世界に来る時に通ってきたトンネルだ」

　私の言葉を聞いたカイチョウは、少し驚いたような顔をしてから、すぐに冷静に話を始めた。

「この世界……薄々そんな気がしていましたが、あなたはこのトンネルを通って」

「信じてくれるの？」

「はい。校長にバレると面倒なことになりそうなので、黙っていましたが……」

　カイチョウがポケットから取り出したのは、シンブンブさんが書いた青蛙高校七不思議の新聞記事だった。

「実は私も、この特集の愛読者で」

「そうだったんだ！　ちょっと意外……」

「委員長さん、本当にもう帰ってしまうのですか？」

「ちょっと寂しいけど、私も自分の学校の文化祭を成功させないとだからね」

「そちらの世界でも文化祭が？」

「うん。校舎も校庭も青蛙高校とそっくりなんだけど、ここに比べたらまだまだ地味で。だからもっと賑やかに飾って盛り上げたいんだ」

「そうですか。では、校長を呼んできましょうか？　最後に挨拶くらいは」

「うーん……そうだなぁ」

キャンプファイヤーに目を向けると、校長は相変わらずみんなと楽しそうに踊っている。

その姿を見ていたら、名残惜しい気持ちがじわじわと込み上げてきた。けど……。

「やっぱり、やめとくよ。引き止められたら帰れなくなっちゃうし」

これまで何度も見てきた校長の泣き顔が思い浮かび、私はそう答えた。

「校長の頼みは断れないですからね」

「ふふっ、そうなんだよ～」

私は会長とふたりで笑い合う。

「校長のこと、みんなのこと、よろしくね」

「わかりました。私に任せてください」

「ふふっ、頼もしいなぁ。さすがは生徒会長！　責任感は校内イチだもんね」

笑いながらそう告げると、カイチョウは急に真顔になって。

「違います」

ピシャリと私の言葉を否定した。

「え……？」

「あなたの頼みを、聞き入れたいのは、その……」

カイチョウの声が急に小さくなり、頬が赤く染まっていく。

「カイチョウ？」

「あなたと私はその……と…友達だから。友達との約束は、絶対に守りたいのです！」

うつむきながらそう言ってくれたカイチョウの手を、私は両手でぎゅっと握りしめた。

「ありがとう！　青蛙祭、すっごくすっごく楽しかったよ」

名残惜しい気持ちを必死に押し殺して、カイチョウに、そして校庭で盛り上がっているみんなに背を向けて、私はトンネルの中へと足を踏み入れた。

トンネルの中では、来た時と同じようにミラーボールが回転し、その光が段ボールの内側に描かれた魚のウロコにキラキラと反射していた。

光の粒が、雨の雫のように見えて私はふと思い出す。

そういえば、最初にここを通ってきた時、外は大雨だったんだよね。台風、どうなったんだろう。ていうか本当に元の世界に戻れるのかな……。

そんなことを考えながら歩いているうちに、気がつくと私は、あの日トンネルを見つけた空き教室に戻ってきていた。

「あれ？　トンネルは……？」

室内を見回してみたけど、トンネルは跡形もなく消えている。

強風であんなにガタガタと揺れていた窓は、すっかり静けさを取り戻し、窓の外の雨もやんでいた。

「台風、行っちゃったんだ……。ていうか時間！　あっちの世界で何日も過ごしちゃったけど……！」

慌てて自分の教室に戻り、カバンの中からスマホを取り出す。

日付と時間を確認すると、ひとりで作業をしていたあの台風の夜に戻ってきていたことがわかった。

「よかった……」

ほっと息をついて教室を見回すと、そこには作りかけの看板やバルーン飾りの山がある。

当然のことながら、停電で慌てて教室を飛び出したあの時から、作業はまったく進んでいない。

「台風も行っちゃったみたいだし、もう少し作業していこうかな……」

道具に手をのばしかけたところで、私はハッとして手を止めた。

「ううん。やっぱり明日、みんなに手伝ってもらおう」

帰り支度をして校庭に出てみると、空はもうすっかり晴れ渡り、きれいな星空が広がっていた。

「台風なんて、最初からなかったみたい……」

校門の辺りまで差し掛かったその時、視界の片隅でなにかが揺れた気がした。

気になってそちらを見ると……。

青蛙高校で、最初に校長と出会ったたったのと同じ位置に植えられたアジサイの葉の上に、アマガエルがぴょこんと乗っていた。

まん丸な目でこちらを見つめるアマガエルに、思わず笑顔がこぼれた。

おわり

青蛙祭実行委員会より
お知らせです。

時間外活動報告①

校長先生＆エンゲイブ

イラスト／さんざし

海藻園の普段のお世話の様子を見たいだなんて
いきなりどうしたんすか？

わたしの学校についてもっと詳しくなろうと思ってな！
決して泳いだら気持ちよさそうと思ったからでは
ないぞ？

わかるっす！　海藻園で泳ぐのは他とは違ってまるで
空を飛んでるような気持ちになるっすからね！

だから違うと言っているのだ！
まぁいい、早く行くのだ！

はいっす！

お魚たちと空を泳ぐのって、
とっても気持ちいいのだ～♪

海藻園での空中遊泳は他では味わえない
楽しみっすよね！

うむ！　これは毎日のお散歩コースに
組み込みたいくらいなのだ。

へへっ♪
校長、あそこの赤珊瑚まで競争しましょうよ！

負けないのだ～！

青蛙祭実行委員会より
お知らせです。

時間外活動報告②

イラスト／さんざし

あの、チアブちゃん……。
これってもしかして2人で1つのドリンクを飲むの？

ん？　そうだよ？
ちょっと古臭いけど、
デートといえばやっぱりこれっしょ！

さすがに恥ずかしいっていうか……。
みんなも見てるし。

フフッ。このカップルジュース、
頼んだら記念写真も撮ってもらえるんだよ。
ほら、シャシンブちゃんのカメラでも撮ってもらおうよ。

う、うん。
あっ、結構重たいので気をつけてください。

ハイ、チーズ♡
わっ、クリオネたちが周りに集まっていて
とってもキレイだね♪

ほんとだね。ふふふっ。
あ、チアブちゃんここ見て。

あっ、１匹だけ角を出してる！

これは忘れたくても忘れられない
思い出になったかも……。

アハハッ♪
もっともっと、2人の思い出を作ろうね！

青蛙祭実行委員会より
お知らせです。

時間外活動報告③

委員長&シャシンブ

イラスト／さんざし

シャシンブちゃんのクラスの出し物ってここ？

はい。休憩所なんて、やる気がないように
思えますけど……。どういうわけか、
みんなのこだわりが詰まった休憩所になってるんです。

そうだね……。
ちゃんと受付の人もいたし、結構順番待ちの人も
いたし……。このベッドもすごいや。

大クラゲの傘を利用したウォーターベッドなんです。
寝てみますか?

うん。
うわぁ、ひんやり柔らかくて気持ちいい～♪
シャシンブちゃんもほら、おいで。

委員長さん、委員長さん。

……むにゃむにゃ。
あ、ごめん。けっこう寝ちゃってたかな？

いえ、私も横でぐっすり寝ちゃってて……。
というか、呼び出しをされているみたいなんです。

え？
『迷子の呼び出しです。実行委員長を
見かけた人は……』って、絶対校長でしょ！

と、とりあえず放送室にいるはずです！
止めに行きましょう！

青蛙祭実行委員会より
お知らせです。

時間外活動報告④

委員長&カイチョウ

イラスト／さんざし

いいんでしょうか。
生徒の模範となるべき私が、こんな、
買い食いなんて……。

大丈夫だよ。今は休憩中なんだし。
カイチョウ、お仕事ばっかりで全然遊んでなかったんでしょ？　ちゃんと青蛙祭を楽しまないと！

は、はい。では、お言葉に甘えて……。
かき氷、食べるのは子供のころ以来ですね。

私も久しぶりかも。
ん〜〜、冷たい。

おいしいですね。
あっ、委員長さん。舌が……。

あはは、シロップの色が写っちゃった。
ほら、カイチョウも。

わ！　青色。
……ちょっと恥ずかしいですね。

全然大丈夫だよ。ほら、お揃い♪

お、お揃い……。
友達同士でやるペアルックってやつですね。

ん？　なにか言った？

い、いいえ。なんでも。

青蛙祭実行委員会より お知らせです。

青蛙祭実行委員会よりお知らせです。

2024年2月21日　初版第一刷発行

原案	遅河海
著者	室岡ヨシミコ
発行者	山下直久
発行	株式会社KADOKAWA 〒102-8177　東京都千代田区富士見2-13-3 0570-002-301（ナビダイヤル）
印刷・製本	株式会社広済堂ネクスト

ISBN 978-4-04-683436-2 C8093

グランドデザイン	ムシカゴグラフィクス
ブックデザイン	関戸 愛（ATOM STUDIO）
イラスト	二反田こな